Deseo™

Marcados a fuego

Day Leclaire

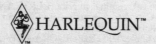

HARLEQUIN™

Editado por HARLEQUIN IBÉRICA, S.A.
Núñez de Balboa, 56
28001 Madrid

I.S.B.N.: 978-84-671-7468-7
Depósito legal: B-32019-2009
Editor responsable: Luis Pugni
Preimpresión y fotomecánica: M.T. Color & Diseño, S.L.
C/. Colquide, 6 portal 2 - 3º H. 28230 Las Rozas (Madrid)
Impresión y encuadernación: LITOGRAFÍA ROSÉS, S.A.
C/. Energía, 11. 08850 Gavá (Barcelona)
Fecha impresion para Argentina: 12.4.10
Distribuidor exclusivo para España: LOGISTA
Distribuidor para México: CODIPLYRSA
Distribuidores para Argentina: interior, BERTRAN, S.A.C. Vélez
Sársfield, 1950. Cap. Fed./ Buenos Aires y Gran Buenos Aires,
VACCARO SÁNCHEZ y Cía, S.A.
Distribuidor para Chile: DISTRIBUIDORA ALFA, S.A.

Prólogo

Nicolo Dante preveía los problemas del mismo modo en que preveía el matrimonio... una parte de pavor y dos de determinación para encontrar una vía de escape de ese desastre.

Sus dos hermanos, Sev y Marco, habían terminado por sucumbir a todo el proceso del matrimonio como los corderos iban al matadero. Pero él no pensaba hacerlo. Ya tenía suficientes problemas en su vida como para buscarse más.

Y en ese momento el problema tomaba la forma de Kiley O'Dell.

—Necesitamos que estudies el asunto —le indicó su hermano mayor, Sev—. Según los documentos que descubrió Caitlyn, existe una clara posibilidad de que esa mujer pueda ser propietaria de una parte sustancial de la mina de diamantes de fuego de Dantes.

Las implicaciones eran terribles y podrían causar interminables problemas al imperio joyero Dantes, cuya fama se cimentaba en el atractivo de los diamantes de fuego. No podían encontrarse en ninguna otra parte del mundo y eran codiciados por todos, desde la realeza y los jefes de estado hasta el tendero de la esquina.

La expresión de Nicolo se ensombreció.

—Nuestra querida cuñada no debería haber metido la nariz en esos viejos papeles. No nos han traído más que aflicciones –enarcó una ceja–. ¿Es que Marco no tiene ningún control sobre Caitlyn?

Sev movió la cabeza disgustado.

–Realmente no tienes ni idea, ¿verdad?

–Probablemente sea el único que la tiene –apoyó una cadera sobre el escritorio de su hermano mayor–. ¿Qué sentido hay en ser tan seductor y encantador si no puedes emplear ninguno de esos atributos con tu propia esposa? La engañó para que se casara con él, ¿no? Y ahora que la tiene, lo menos que podría hacer es mantenerla alejada de los problemas.

Sev cruzó los brazos con expresión divertida.

–Sigue cavando ese agujero, hermano. Tu novia del Infierno estará encantada de enterrarte en él cuando la encuentres.

–Olvídalo –hizo un gesto cortante con la mano–. Por lo que a mí respecta, la maldición de la familia...

–Bendición –corrigió Sev.

–¿Bendición? Demonios, es más como una infección.

Sev ladeó la cabeza.

–Es una analogía interesante, aunque yo diría que el Infierno se parece más a una combinación.

Nicolo se permitió mostrar cierta curiosidad.

–¿Cómo fue cuando sentiste por primera vez el Infierno con Francesca?

–¿Admites finalmente que existe?

–Estoy dispuesto a reconocer que Marco y tú lo creéis –concedió a regañadientes.

–Y Primo.

–Nuestro abuelo es quien ha perpetuado la leyenda todos estos años. Ofrece una excusa conveniente para explicar el deseo, ni más ni menos.

–Ahora suenas como Lazz. Pero si eso fuera cierto, Caitlyn jamás habría podido distinguir entre Marco y Lazz, teniendo en cuenta lo difícil que es diferenciarlos. Sin embargo, eligió a su marido sin ningún atisbo de duda o titubeo. Y lo hizo en las circunstancias más extremas. ¿No bastó eso para convencerte?

Nicolo no pudo negar ese hecho. Ni racionalizar lo que había visto aquel día. Pero eso no significaba que fuera a permitir que Sev lo arrastrara a una discusión acerca de la veracidad del Infierno.

–Sigues sin haberme explicado cómo es.

Sev esbozó una sonrisa peculiar, con una mezcla de placer y satisfacción.

–La primera vez que vi a Francesca, sentí una atracción física, como si de algún modo nos halláramos conectados mediante un cable tenue. Cuanto más nos aproximábamos, más fuerte era la conexión. No dejó de crecer hasta que se hizo tan poderosa que me resultó imposible resistirla.

–¿Eso es todo? ¿Te sentiste físicamente atraído?

–Cállate, Nicolo –pidió con divertida impaciencia–. ¿Quieres saberlo o no?

–Algo pasa cuando os tocáis, ¿no?

–Una descarga.

–¿Como de electricidad estática? –preguntó su hermano.

–Sí. No –Sev hizo una mueca–. Es una descarga, sí. Pero en realidad no hace daño. Sorprende. Luego parece mezclarnos. Completar la conexión. Después de eso, ya está. No hay marcha atrás. Has quedado emparejado con tu alma gemela para toda la vida.

A Nicolo no le gustó nada cómo sonaba eso. Prefería tener opciones abiertas, una variedad de elecciones. En su puesto como encargado de solucionar los problemas de Dantes, necesitaba su libertad para saltar de una oportunidad creativa a otra en caso de que surgiera dicha necesidad. No le atraía nada experimentar semejante pérdida de control.

El Infierno robaba ese control e imponía su voluntad en los sujetos remisos. Y aunque no le importaba ceder en ocasiones, detestaba el concepto de quedar sin poder y de que lo forzaran por un camino que no hubiera elegido él mismo.

—Bueno, con suerte, el Infierno será lo bastante inteligente como para dejarme en paz —comentó con ligereza—. Y ahora cuéntame qué has descubierto sobre Kiley O'Dell.

—Nada.

Nicolo frunció el ceño.

—¿Qué quieres decir con «nada»?

—Me refiero al asunto que apareció en *The Snitch* sobre quién es el propietario real de la mina de diamantes de fuego.

—Maldita revistucha...

—Ahora hablas como Marco —comentó Sev divertido—. No es que importe. Al parecer, esa O'Dell lee *The Snitch* —la diversión se evaporó—. Ha exigido una reunión para discutir la situación. Reunión que vas a organizar tú. Por desgracia, aún no hemos sido capaces de conseguir ninguna información importante sobre su pasado.

Nicolo lo miró consternado.

—¿Es que esperas que vaya a ciegas?

—No veo que tengamos otra elección. Escucha, simplemente entérate de qué quiere. Primo compró esa mina de forma honesta y cabal. Averigua por qué cree que su familia aún posee un derecho legítimo después de todos estos años. Luego gana tiempo mientras hacemos que la investiguen –la cara de Sev mostró toda su implacabilidad–. No tengo que decirte todo lo que nos arriesgamos a perder si el derecho de Kiley O'Dell resulta ser auténtico.

–Dantes se hundiría –afirmó Nicolo.

Sev asintió.

–Todo lo que nos hemos esforzado en reconstruir en la última década habrá sido para nada. Necesitamos averiguar qué prueba posee esa mujer de que es propietaria legítima de la mina y luego mantenerla felizmente ajena a ello mientras encontramos un modo de anularla.

La expresión de Nicolo se endureció.

–Entonces, eso haré.

–Nic...

–Entiendo lo importante que es esto –era el trabajo más delicado que jamás había abordado, a la vez que el más difícil–. Encontraré un modo de mantenerla en la ignorancia.

–Ve con cuidado. Su derecho puede ser auténtico. No queremos hacer nada que la ponga contra nosotros. Buscamos una resolución amigable, no una batalla encarnizada.

Nicolo movió la cabeza.

–Entonces, ella no debería haber iniciado esta guerra. Porque de un modo u otro, pretendo ganarla.

Capítulo Uno

Kiley O'Dell no se parecía en nada a lo que Nicolo había esperado.

Aunque tampoco había imaginado el maremoto de deseo que se abatió sobre él, dejándolo sordo y ciego a todo menos a la mujer que estaba de pie en el umbral de la suite que ocupaba en Le Premier. Vio la boca de ella moverse, pero el sonido se negó a penetrar el bramido que llenaba sus oídos y que demandaba que la tomara y la hiciera suya. Que la marcara de todas las maneras posibles y la atara a él de modo que ninguno de los dos pudiera escapar.

Bajó la cabeza y luchó con todo su ser contra esa sensación. Se negaba a aceptar ese sentimiento, la posibilidad de que pudiera significar el comienzo del Infierno.

Imposible. Jamás.

Esa mujer representaba problemas, desde el extremo de ese exquisito cabello pelirrojo hasta las puntas de las uñas de los pies pintadas de rojo. Y se negaba a dejar entrar problemas en su vida, su cama o su corazón. Sin importar lo que hiciera falta, acabaría con esa sensación. No podría ser tan difícil. Sólo requería una solución simple. Lo único que tenía que hacer era conjeturar cuál podía ser dicha solución y el Infierno pasaría de largo.

Alzó la cabeza y estudió a Kiley O'Dell por segunda vez con el fin de encontrar una salida a su situación apurada. Pero no se le ocurrió nada y sólo pudo mirarla fijamente.

Tenía una figura vibrante y ágil que contenía las suficientes curvas en los puntos adecuados como para tentar a un hombre a explorar cada centímetro de esa piel blanca. El cabello largo le caía en suaves ondas hasta el centro de la espalda. También poseía el par de ojos verdes más deslumbrantes que hubiera visto jamás y que dominaban ese rostro triangular.

—¿Señor Dante? —preguntó ella, repitiéndose. La voz cultivada poseía una cualidad baja y musical muy agradable al oído—. ¿Sucede algo?

—Nicolo, por favor, y tratémonos de tú —luchó para comportarse con un mínimo de decoro mientras el instinto lo instaba a alzarla en vilo y a llevarla al dormitorio más cercano.

Un destello de color se asomó a esos pómulos altos y casi pudo oler la bocanada de deseo que perfumaba el aire entre ellos. Se repitió que la situación no era nada buena.

Ella se recobró con mayor celeridad que él.

—Soy Kiley O'Dell. Gracias por tomarte el tiempo para verme.

Todo en ella parecía rápido y categórico, desde la penetrante inspección a que lo sometió hasta el vistazo que echó por encima de su hombro a la amplia habitación del hotel.

Nicolo no pudo evitar preguntarse si sería para cerciorarse de que había preparado adecuadamente el escenario para su encuentro.

—Pasa —lo invitó, y se hizo a un lado.

No se molestó en ofrecerle la mano, lo que a él le pareció perfecto. Teniendo en cuenta el apetito abrumador que le despertaba su aspecto, sería irreflexivo tocar a esa mujer, y menos con el Infierno haciendo estragos con los hombres Dante.

No es que él creyera en el Infierno ni tuviera intención de empezar a creer a partir de ese instante. Ni siquiera con la necesidad desesperada que llenaba cada espacio vacío en su interior con un deseo tan enorme que apenas podía contenerlo todo.

–¿Te apetece beber algo? –preguntó Kiley por encima del hombro mientras cruzaba la mullida moqueta.

Se movía con un contoneo de caderas que atraía su mirada hacia ese trasero insolente y redondeado perfilado de forma adorable por unos pantalones negros. Contuvo un gemido. Se preguntó si sería deliberado o si sería otro aspecto del escenario que había preparado ella para la reunión.

–Hay refrescos –añadió–. O algo más fuerte si así lo prefieres.

Mataría por un whisky doble.

–No, gracias.

–¿Prefieres charlar primero o ir directamente a los negocios?

–¿Qué hay que charlar?

Ese comentario hizo que se diera la vuelta con una media sonrisa en la cara.

–Podríamos intentar que fuera una reunión amigable. Ya sabes, intercambiar las amabilidades habituales de la gente que acaba de conocerse.

–¿Como qué? –decidió seguirle la corriente.

–Como... Cuéntame qué haces en Dantes, Nicolo.

–Soluciono problemas.

La risa hizo que esos extraños ojos verdes resplandecieran.

–¿Y yo soy tu problema actual?

–No lo sé –enarcó una ceja–. ¿Lo eres?

Ella se encogió de hombros.

–El tiempo lo dirá.

Cruzó los brazos y apoyó la cadera en el respaldo de un diván. Lo estudió a placer. Nicolo se preguntó si buscaría alguna debilidad. En ese caso, perdía el tiempo. El momento se alargó. Ella cedió primero.

–Es tu turno –lo instó con gentileza.

–Mi turno... ¿de qué?

–De hacer una pregunta –suspiró–. Así funciona. Cuando estás conociendo a alguien, intercambias trivialidades con el fin de mitigar la tensión.

–¿Estás tensa?

–Bromeas, ¿verdad? ¿No lo sientes? –resaltó las preguntas con las manos–. Diablos, Dante, es lo suficientemente denso como para amasarlo y prepararlo para el postre.

De modo que también ella lo sentía. No era sólo su imaginación.

–¿Es lo que sugieres? ¿Que pasemos directamente al postre?

–¿Es tu modo de solucionar los problemas? –replicó–. ¿De verdad crees que puedes conseguir mi parte de la mina seduciéndome? ¿Es ésa tu solución creativa para este problema?

De ella emanaban oleadas de calor y percepción que potenciaban las que Nicolo sentía.

–No –mintió.

–Bien. Me alivia oír eso.

–Porque no tienes ninguna parte de la mina –se

acercó a ella con la intención de evaluar su reacción.
Kiley no se movió, pero pudo ver la ligera tensión de
los músculos de los hombros y la momentánea dila-
tación de los ojos antes de que se forzara a relajarse.
«Te tengo». Era buena en ese juego, pero él era mejor–. Como no tienes ninguna parte de la mina, llevarte a la cama no marcará ninguna diferencia en la
resolución de tu reclamación.

Para su sorpresa, ella rió.

–Me alegra que nos lo quitemos de encima.

–Es gracioso, pero da la impresión de que lo tenemos justo entre nosotros.

Fue el turno de ella de acercarse hacia la corriente
eléctrica que crepitaba entre ambos.

–¿Nos lo quitamos de encima, Dante? –lo desa-
fió–. Sería bastante fácil.

Alzó las manos y se desabrochó el primer botón
de la blusa. Luego el segundo. Y el tercero. La V profunda del escote reveló un medallón tallado en una
fina cadena de plata. Luego él captó un destello
de un rojo intenso atrapado entre la blancura láctea de
su piel y la negrura de la blusa. Centró la atención
en los pechos y desde allí descendió hasta los pantalones de cadera baja. ¿Llevaría braguitas a juego?
¿Ocultaba azufre y fuego bajo el pantalón oscuro?

Despacio alzó la vista y se encontró con los ojos
de Kiley. ¿Cuánto tardaría en averiguarlo? A juzgar
por la expresión voraz de ella, no mucho. Los dedos
flotaron sobre los últimos botones de la blusa.

–Termina.

Su voz sonó como papel de lija. Dio el último
paso que los separaba y quedaron envueltos en una
pura turbulencia. Ahí se agitaba el deseo, junto con

la desconfianza y la suspicacia. Era un deseo que Nicolo pretendía destruir al tiempo que alimentaba la desconfianza y la suspicacia.

–Termina –repitió–. Y muéstrame tus verdaderas intenciones.

Ella se echó para atrás. Los movimientos que antes eran fluidos resultaron inseguros. Se ruborizó y los ojos proyectaron una incredulidad horrorizada. Luchó por volver a abotonarse la blusa, equivocándose con los ojales.

–¿En qué diablos estaba pensando? –musitó. Movió la cabeza como para despejarla antes de preguntar–: ¿Qué me estás haciendo, Dante?

–Eres tú quien ha iniciado el striptease. Ahora bien, ¿tienes pruebas que respalden tu afirmación de ser propietaria de una parte de la mina Dantes o era lo que estabas a punto de mostrarme? –pudo ver que la había sacudido y que no era algo que sucediera a menudo con la señorita O'Dell.

–Tú también lo has sentido –insistió ella con voz queda–. No intentes decirme que imagino cosas.

–Y, no obstante, no soy yo quien se está quitando la ropa.

Para su sorpresa, la diversión se abrió paso entre el calor y el tumulto, atenuando las llamas.

–Demasiado cierto, Dante. Tendré que andarme con cuidado contigo. Parece que sacas a la mujer lasciva que llevo dentro, aunque quién habría podido imaginar que existiría semejante faceta en mí –disgustada, movió otra vez la cabeza–. Ver para creer.

Rodeó el diván y le señaló la mesita de centro atestada de papeles. Le indicó un segundo sofá del otro lado.

–Bien, vayamos al grano. Quieres pruebas. Aquí las tienes –recogió el primer lote de documentos y los empujó por la superficie hacia él–. Mi abuelo era Cameron O'Dell. Su hermano Seamus y él eran los propietarios originales de la mina de diamantes de fuego que tu abuelo, Primo Dante, acabó comprando. Te acabo de entregar copias de la partida de nacimiento y de defunción de mi abuelo, y de una escritura que demuestra que era el propietario legítimo de la mitad de la mina.

Nicolo hojeó los papeles.

–Tengo entendido que murió antes de que se completara la venta a Primo.

–Cierto. Pero eso simplemente habría legado su parte de la propiedad a cualquier hijo que lo sobreviviera... mi padre, para ser exactos –empujó otro documento en su dirección–. Aquí tienes una copia del testamento de mi abuelo confirmando lo que acabo de exponerte.

–¿Tienes la partida de nacimiento de tu padre que demuestre que nació antes de que Cameron muriera?

Otra pieza de papel cruzó la mesa.

–Ahí mismo –apoyó los codos en las rodillas y adelantó el torso. El medallón se liberó de la blusa mal abotonada. Era una curiosa pieza de joyería que consistía en fragmentos de plata unidos para formar un corazón–. Puede que tu abuelo le pagara a Seamus, pero mi tío abuelo no tenía derecho de vender la parte de mi padre de la mina de diamantes de fuego, a pesar de lo que pudiera haber afirmado.

Nicolo se tomó su tiempo estudiando la documentación, aunque sospechaba que encontraría todo en perfecto orden. Lo que esperaba descubrir mientras fingía leer era el fallo en la lógica. No tardó mucho en dar con él.

–¿Por qué ha esperado tanto tu familia para plantearnos este asunto? –preguntó al final–. ¿Por qué no iniciasteis hace décadas un proceso legal con el fin de conseguir vuestra parte?

–No sabía que pudiera ser copropietaria de la mina. En cuanto a mi padre... –sus ojos reflejaron fugazmente el vestigio de un recuerdo doloroso–. No puedo hacerle esa pregunta, ya que murió cuando yo era un bebé.

–¿Te crió tu madre? –dejó que su voz mostrara un deje de simpatía.

–¿Y qué importa eso? –replicó Kiley.

Enarcó una ceja. Por algún motivo, lo que había sido una pregunta indiferente por su parte había provocado una reacción inesperada y claramente a la defensiva. Le revelaba mucho. Sin siquiera haberlo buscado, había encontrado un punto sensible en Kiley.

–Fuiste tú quien sugirió que nos conociéramos mejor. Es lo que estoy haciendo –presionó un poco–. Háblame de ella. ¿Cómo se llama? ¿Cómo logró llegar a fin de mes cuando tu padre murió?

Kiley apretó los labios.

–Creo que quieres ganar tiempo.

Él se encogió de hombros.

–Piensa lo que quieras. Sólo intento descubrir si participa en esta pequeña estafa o si se te ocurrió a ti sola.

–No es una estafa.

–Eso afirmas tú. Pero yo sospecho que Seamus contará una historia muy distinta.

Se quedó quieta. Y esa quietud inconsciente reveló una mentira. Nicolo siempre había tenido la habilidad innata de captarlas, una de las principales razones por las que sus hermanos se negaban a jugar al póquer con él. Siempre sabía cuándo iban de farol, igual que le sucedía con Kiley.

Ella se humedeció los labios, una segunda y más obvia pista de dicha mentira.

–¿Seamus? –repitió.

Nicolo tanteó el terreno.

–Según Primo, sigue vivo –le regaló una amplia sonrisa–. Te diré lo que haremos. ¿Por qué no esperas unos días y disfrutas de las comodidades que ofrece Le Premier mientras yo lo localizo? Estoy seguro de que él podrá aclarar esta confusión en un abrir y cerrar de ojos.

–Dame mis papeles –las palabras salieron ásperas y duras.

En silencio, él los juntó y se los entregó por la superficie de la mesita. Las yemas de sus dedos se tocaron durante el intercambio, un simple roce. Pero entre ellos estalló un destello breve de electricidad. Nicolo se levantó de un salto.

–¿Qué diablos intentas conseguir? –exigió.

Ella se encogió contra el diván, los ojos enormes en la cara pálida.

–No sé de qué me estás hablando.

Por primera vez en la vida, Nicolo prescindió del instinto y se dejó llevar por la suspicacia.

–Claro que sí. Lees *The Snitch*, ¿verdad? Sin duda allí leíste acerca de la mina de diamantes, ya que eso fue lo que te impulsó a ponerte en contacto con nosotros. Pero también leíste todo sobre los Dante y su pequeño problema con el Infierno. Lo que te dio la brillante idea de reunir unos antiguos documentos de familia y comprobar si podías montar un caso de propiedad parcial de la mina de diamantes de fuego. Y si eso no funcionaba, ver qué pasaba con un falso Infierno.

Ella se puso de pie.

—Es evidente que has perdido el juicio.

—Entonces, ¿cómo explicas esa pequeña descarga de electricidad?

—¿Y cómo diablos voy a saberlo? Quizá se te ha fundido el cerebro –presionó los documentos contra su pecho. Manteniendo la distancia, rodeó la mesita y fue hacia la puerta de la suite–. Creo que deberías marcharte.

Nicolo la siguió.

—No me voy a ninguna parte. No hasta que hayamos aclarado esto. Porque ni por asomo hemos acabado.

—Desde luego que sí. Lo primero que haré por la mañana será ponerme en contacto con mi abogado. Hasta entonces, fuera de mi habitación.

Nicolo se acercó tanto que pudo sentir las diminutas descargas de electricidad saltando de ella a él. Atrayéndolo hacia ese último compromiso, intentando marcarlo con ese infortunado y definitivo contacto.

—Esto no se ha acabado, ¿sabes? –le repitió.

La respiración de ella se volvió entrecortada y Nicolo pudo ver el deseo que lo embargaba reflejado en sus ojos, al igual que podía sentir que sus corazones palpitaban al unísono. Estuvo a punto de tomarle la boca en un beso. Necesitó todo el autocontrol que poseía para retirarse en el último segundo. Sin decir otra palabra, abrió la puerta y salió al pasillo. Se cerró de un portazo detrás de él.

Permaneció allí unos momentos. Aún podía sentirla detrás de la maldita puerta, debatiéndose con la misma atracción que lo abrumaba a él, diciéndose que lo que sentía era una locura, imposible, algo que evitar a toda costa. Movió la cabeza disgustado.

Una vez en el vestíbulo del hotel, titubeó. Luego se dirigió a unos sillones ocultos de forma discreta por unas plantas al tiempo que ofrecían una vista completa de los ascensores. El instinto volvió a activársele, demasiado persistente para ignorarlo. En sus treinta años de existencia, había aprendido a no cuestionar esa demanda visceral. Siempre indicaba algo que su subconsciente había captado y que todavía no se había manifestado en su mente consciente.

Se sentó y esperó. No tardó mucho.

Apenas cinco minutos después, Kiley salió de uno de los ascensores con el andar vivo y sugestivo que en ese momento comprendió que era innato en ella. Se había recogido el pelo y puesto una chaqueta negra a juego con los pantalones. Muy profesional. Fue hacia la conserjería y movió el pie con impaciencia mientras aguardaba que le dieran la respuesta a su pregunta.

Tenía un destino en mente y él pensaba averiguar cuál era... y con quién. Sería interesante descubrir si había algún socio en esa estafa. Después de obtener lo que quería, ella le dedicó una sonrisa al conserje, cuyo cerebro dio la impresión de seguir el mismo camino que el de Nicolo antes. Luego Kiley giró en redondo y se dirigió hacia las puertas del vestíbulo. En ese momento ocurrió el desastre.

Aunque no había motivo alguno para que ella se percatara de su presencia o mirara en su dirección, a pesar de que se hallaba casi enterrado bajo una selva de plantas, en cuanto se situó a la misma altura de su posición, se puso rígida y vaciló. Fuera cual fuera la conexión que habían forjado en los pocos minutos pasados juntos, cobró vida.

El tiempo se ralentizó y se alargó. El murmullo de voces se apagó y se tornó distante. Hasta la luz pareció atenuarse, envolviéndolos sólo a ellos dos en su brillante abrazo.

Con infalible precisión, Kiley giró la cabeza hacia él y sus miradas se encontraron. Nada más verlo, abrió mucho los ojos por la sorpresa. Luego manifestó una marcada angustia.

A Nicolo esa angustia le causó una inesperada punzada de preocupación que lo desconcertó. No quería sentir nada por esa mujer. Por desgracia, no podía negar el hecho de que durante el breve tiempo que habían pasado juntos, algo había cobrado vida... algo más poderoso que nada que hubiera vivido con anterioridad.

El tiempo recobró el discurrir normal y Kiley continuó hacia la salida, dejando atrás los cristales con el logo del hotel. La siguió como un cazador en pos de su presa. Salió a la acera del hotel en el momento en que ella llegaba al cruce de la esquina. Kiley miró por encima del hombro y, al avistarlo, cruzó con toda celeridad justo en el momento en que cambiaba el semáforo.

Lo vio llegar antes de que sucediera. Un taxi adelantó a un coche lento y aceleró hacia el cruce. Era evidente que el conductor no había visto a Kiley. A

Nicolo le pareció que gritaba una advertencia. Supo que emprendió la carrera. El taxista no la vio hasta el último instante. Pisó los frenos a la vez que ella intentaba apartarse, pero ya era demasiado tarde. El guardabarros del vehículo la tocó con la fuerza suficiente para lanzarla dando vueltas por el aire antes de golpear el pavimento. A la vez que corría hacia ella, Nicolo sacaba el teléfono móvil del bolsillo. Apretó las teclas sin mirar y soltó la información a la recepcionista de urgencias nada más entrar la llamada.

Llegó a su lado y se arrodilló junto a ella. Kiley no se movió. Ni siquiera parecía respirar. Por lo que él había visto de la caída, había volado hacia la acera opuesta y se había golpeado la cabeza con el bordillo. El cabello rojo se extendía alrededor de su cara, aún vibrante con vida, mientras su palidez indicaba algo muy distinto. El medallón reposaba sobre su mejilla como un beso.

–¡Kiley! –no se atrevió a tocarla. Y entonces notó la lenta pero estable subida y bajada de su pecho y sintió un alivio inusitado.

–No la vi –el taxista se acercó nervioso y miró a Kiley. Las lágrimas caían por su cara barbuda–. Apareció de la nada.

–Vi lo que pasó. No fue culpa suya –Nicolo apretó los labios. La culpa era suya, no del taxista.

–¿Está...? –el hombre calló y tragó saliva–. ¿Está...?

–No. He pedido una ambulancia.

Como en respuesta a sus palabras, las sirenas aullaron en la distancia. Una pequeña multitud se había agrupado a su alrededor y Nicolo la mantuvo apartada con una orden seca y mirada lóbrega.

La policía llegó minutos después, seguida casi de

inmediato por la ambulancia. Observó impotente mientras aseguraban la zona y atendían a Kiley. Vagamente recordó dar sus datos y afirmar que estaban unidos, porque en un plano visceral sabía que Kiley era suya. El bienestar de ella se había convertido en su responsabilidad.

Observó cómo la estabilizaban, cómo le fijaban innumerable equipo médico y le inmovilizaban la cabeza y el cuello para evitar posibles daños. Y en todo momento sólo fue capaz de pensar que, si no la hubiera seguido, ella jamás habría corrido. Jamás habría sido atropellada por el taxi ni resultado herida.

Había estado tan enfrascado en demostrar que era una timadora, que había puesto en peligro su vida. Cerró los ojos y se obligó a enfrentarse a los hechos.

Lo quisiera o no, había una conexión entre ellos. Las chispas de electricidad que habían experimentado antes no habían formado parte del engaño de Kiley. Ella había quedado tan sorprendida como él con la reacción física entre ambos. La verdad era...

Esa mujer podía ser su compañera del Infierno. Como en ningún momento habían llegado a tocarse del todo, no podía tener una certeza al cien por cien. Pero no creía que necesitaran un contacto completo. En lo más hondo percibía la verdad.

El Infierno le había enviado su alma gemela. No era la mujer que él mismo había elegido. Pero al impulsarla a actuar de forma tan impetuosa, era posible que hubiera llegado a destruir su futuro juntos antes siquiera de llegar a conocerla.

Había afirmado que no quería una novia del Infierno.

Y, al parecer, el destino se lo había concedido.

Capítulo Dos

–¿Te has vuelto loco?

Nicolo miró por encima del hombro hacia la sala de espera del hospital para cerciorarse de que no podían escucharlos. Entonces se dirigió a su hermano Lazzaro en italiano.

–No, no he perdido el juicio. Es culpa mía que esté aquí. Si no la hubiera estado siguiendo, ella jamás habría...

Lazz lo cortó con un movimiento de la mano.

–Eso ya me lo has contado –repuso en el mismo idioma–. De modo que ahora, además de reclamar una parte de nuestra mina de diamantes de fuego, también puede demandarte por perseguirla y hacer que la atropellara un taxi. ¿Es lo que me estás diciendo?

–Sí. No –maldición. ¿Por qué Sev había tenido que enviar al Dante lógico?–. No lo entiendes.

–Entonces, explícamelo. Y de paso, explícame por qué te llaman señor O'Dell.

Nicolo cruzó los brazos.

–Necesito informes regulares acerca del estado de Kiley. Y como sólo hablan de la situación de un paciente si eres pariente, es posible que el personal del hospital funcione bajo el malentendido de que soy su marido.

–¿Qué? –Lazz se pasó una mano por el pelo mientras luchaba por controlarse–. No me digas que ésta es otra de tus soluciones creativas.

–Nunca te quejaste cuando mis soluciones creativas funcionaron en provecho de Dantes.

–¡Maldita sea, Nicolo!

–Escucha, simplemente sucedió, ¿de acuerdo? Necesitaban información sobre ella, y como yo tenía sus tarjetas del seguro médico y de identificación, sacaron una conclusión que no me molesté en corregir, y más cuando es para nuestro provecho.

–Nos beneficia hasta que alguien te reconozca. No se puede decir que los Dante tengamos un perfil bajo en San Francisco. ¿O has olvidado que últimamente hemos aparecido en todas las revistas del corazón?

–Es posible que Sev, Marco y tú hayáis aparecido casi de forma constante en *The Snitch*, pero yo he mantenido un perfil bajo. En cuanto a Kiley... por el momento tengo la intención de desempeñar el papel de señor O'Dell. Hasta entonces... –le entregó a su hermano el bolso de ella– apunta sus datos y entrégasela a nuestro detective privado. Dile a Rufio que necesito lo antes posible todo lo que pueda descubrir sobre ella.

–Ya me he adelantado. Lo puse en ello ayer.

Nicolo asintió.

–Perfecto. Además, envía a alguien a Le Premier. Teniendo en cuenta todo el negocio que le proporcionamos, no creo que el hotel te ponga trabas a recoger sus maletas y pagar la factura de su suite. Quiero informes constantes de los progresos, Lazz. Y en cuanto Rufio termine de conseguir toda la información superficial, quiero que profundice más. Quiero conocerlo todo, desde la talla de ropa que usa hasta su marca preferida de maquillaje. Todo –recalcó–. ¿Entendido?

–¿Por qué? ¿Qué planeas?

Nicolo no se atrevió a contestarle la pregunta.

–Aún no está perfilado.

–Oh, diablos.

–Escucha, cuando tenga todos los detalles, te lo comunicaré. Ah, ¿me haces el favor de pasar por mi casa y darle de comer y pasear a Brutus? No sé cuánto tiempo estaré aquí.

–Tienes en tu haber algunas acrobacias descabelladas, pero ésta... –Lazz movió la cabeza–. Hace que todas las demás parezcan normales.

–No durará mucho. En cuanto ella despierte, todo habrá acabado y tendré que idear otro plan.

–¿Como una manera de evitar que nos demande?

Nicolo puso una expresión sombría.

–Es sólo una posibilidad si termina por culparme del accidente tanto como me culpo yo mismo.

–Será mejor que reces para que no lo haga.

La aparición de una enfermera le evitó tener que contestar.

–Disculpe, señor O'Dell.

–¿Cómo está Kiley? –preguntó Nicolo de inmediato, dándole la espalda a su hermano.

Los ojos de la enfermera mostraron compasión.

–Lo único que puedo decirle con certeza es que se encuentra estable. El doctor desea verlo y estoy segura de que él le dará todos los detalles –con la cabeza indicó un pasillo próximo–. ¿Si es tan amable de seguirme?

Al instante caminó al lado de la enfermera y sólo después se dio cuenta de que, en cuanto apareció, se había olvidado por completo de la existencia de su hermano. Giraron por una esquina y la mujer abrió la puerta de una pequeña sala de conferencias. Un médico sentado a una mesa tomaba notas rápidas con la caligrafía ilegible clásica de los médicos.

Cerró el historial, se puso de pie y le ofreció la mano a Nicolo.

—Soy el doctor Ruiz.

—Hábleme sin rodeos. Está viva, ¿verdad? —demandó con voz tensa.

—Viva y estable —confirmó Ruiz—. Pero recibió un buen golpe. Dadas las circunstancias, ha sido milagroso que no se rompiera nada. Sufre diversas laceraciones que le hemos cosido y un hematoma profundo en la cadera izquierda. Le va a resultar muy doloroso y durante un tiempo le dificultará moverse con comodidad.

—¿Y las malas noticias?

—Como usted sabe, sufrió un traumatismo en la cabeza. Su cerebro ha experimentado cierta hinchazón, pero responde a los medicamentos que le damos para reducirla y todos los escáneres resultan claros.

—¿Está despierta?

El médico movió la cabeza.

—Despertó fugazmente y pareció muy agitada y desorientada. Desde entonces, ha estado inconsciente.

Una de las habilidades que hacía que Nicolo fuera tan bueno en su trabajo era la capacidad innata de leer a la gente.

—¿Qué es lo que no me está contando? —preguntó.

Ruiz apretó los labios.

—Lo siento, señor O'Dell. Los traumatismos craneales pueden ser difíciles. Hasta que despierte, no sabremos con exactitud el alcance de su lesión. Puede encontrarse en perfectas condiciones, tal vez con una ligera pérdida de memoria en torno al momento del accidente. O podría ser mucho más extensa. Debería prepararse para lo peor y esperar lo mejor.

–¿Cuándo puedo verla?

–Está en cuidados intensivos. Puede asomarse un par de minutos ahora. Luego le sugiero que vaya a casa y descanse un poco. Si se produce algún cambio, lo llamaremos.

Diez minutos después, una enfermera de la UCI lo escoltó a una de las habitaciones que comprendían la unidad. Kiley parecía pequeña y frágil en la cama, conectada a varios cables y tubos. Deseó que abriera los ojos para poder ver otra vez esa perturbadora combinación de encendida percepción y aguda inteligencia, y así saber que se recobraría plenamente de sus lesiones.

Notó el tirón que lo instaba a ir junto a ella, unir sus manos y completar el vínculo que sentía entre ambos. Pero no podía. Como si ella experimentara lo mismo a pesar de las drogas que la mantenían sedada, se movió inquieta. Era evidente que el Infierno, si realmente se trataba de eso, también la llamaba a ella en la tierra crepuscular que ocupaba en ese instante. A los pocos momentos se presentó una enfermera.

–Siente su presencia –le ofreció una sonrisa de simpatía–. Ha de irse ahora. Si nos deja un número de teléfono, lo llamaremos con cualquier novedad.

Lo hizo, pero descubrió que no podía esperar que contactaran con él y a primera hora de la mañana regresó al hospital. Las enfermeras de la UCI le dedicaron amplias sonrisas que activaron sus alarmas antes de entrar en la habitación de Kiley y oír al médico decir:

–Aquí está su marido.

Tanto Nicolo como Kiley se quedaron paralizados, mirándose durante unos interminables momentos. Luego ella movió la cabeza con incredulidad.

–Eso no es posible –negó con convicción–. Es imposible que sea mi marido.

Nicolo contuvo un juramento.

–Doctor Ruiz...

–Tranquilo, señor O'Dell –lo miró con ecuanimidad por encima del hombro–. Ya le dijimos que podía llegar a tener problemas de memoria.

–No, me acordaría si me hubiera casado con él –arguyó Kiley.

–No pasa nada, señora O'Dell –la calmó el doctor–. Su pérdida de memoria es resultado del accidente.

Nicolo cerró los ojos. Había llegado el momento de confesar.

–Ella no...

El especialista habló al mismo tiempo, su voz imponiéndose a la de Nicolo.

–Kiley, ni siquiera recuerda su propio nombre –indicó con gentileza–. Es perfectamente natural que no recuerde que está casada. Le sugiero que vaya despacio y con tranquilidad. Podría recuperar la memoria en cualquier momento. Horas. Días. Posiblemente, semanas. Mientras tanto, la trasladaremos a planta al tiempo que le realizamos algunas pruebas más.

–¿Por qué no me escucha? –miró a Nicolo antes de apartar la vista. Los ojos se le llenaron de lágrimas y la voz le fue subiendo y adquiriendo un tono más histérico con cada palabra–. Le digo que no es mi marido. No puede serlo. Lo sabría si lo fuera.

Ruiz le hizo un gesto a una de las enfermeras, quien comenzó a preparar una inyección.

–Señor O'Dell, me temo que voy a tener que pedirle que se marche. En cuanto la paciente se haya calmado y acostumbrado a lo sucedido, podrá volver.

Nicolo inclinó la cabeza.

–Por supuesto. Si me da un segundo...

Actuó sin reflexionar, por puro instinto, respondiendo a una llamada que sólo él oía. Cruzó al lado de Kiley y alargó el brazo para tomarle la mano. A su espalda, Ruiz expuso una objeción mientras ella se echaba para atrás en un vano intento por evitar el contacto. Él ignoró todo menos la demanda que dominaba su cuerpo y que insistía en que obrara de acuerdo con el impulso que había estado carcomiéndolo desde el momento en que conoció a esa mujer.

A la fuerza tomó la mano de Kiley.

El Infierno golpeó con mayor ferocidad que la que había creído posible. Nunca en la vida había experimentado una conexión tan poderosa. Era como si cada emoción que poseyera fluyera de su mano a la de ella antes de azotarlo con una contracorriente que lo dejó ahogándose en el deseo.

Sin darle tiempo a protestar, se inclinó y le tomó la boca con un beso de absoluta posesión, en el que la determinación desterraba la incertidumbre. El sabor de ella era más dulce que el que había soñado, y Kiley era suave, cálida y, tras una fugaz vacilación, receptiva. No. Más que receptiva. Ansiosa.

No pudo resistirse y se aprovechó de la generosa bienvenida. Jamás había sentido semejante reacción al besar a una mujer. Era como si cada aspecto del contacto y del sabor de ella lo hubiera marcado. Lo invadió la certeza de que jamás habría otra mujer más idónea para él. Un gemido apenas audible pasó de la boca de Kiley a la suya, dándole la bienvenida a casa.

Y en ese instante no fue capaz de escapar a la simple verdad. Esa mujer era suya.

Kiley se quedó paralizada ante el primer contacto de la mano de su marido, abrumada por una sensación tan devoradora que la dejó sin habla. Un calor intenso, casi doloroso en intensidad, pasó por las palmas de las manos antes de convertirse en una conexión cálida y constante que casi la llevó al punto de fusión. Con cada latido de su corazón, el deseo atravesó la carne y el hueso hasta que invadió cada parte de ella. Era como si corriera por sus venas, haciéndola rebosar de un anhelo poderoso e irresistible.

Y entonces la besó.

Fue un primer beso digno de cuento de hadas. Asimismo le resultó imposible compararlo con cualquiera que hubiera experimentado antes, ya que tenía los recuerdos velados. Pero aun así, le resultó la vivencia más extraordinaria de su muy breve memoria. La devoró con un apetito inconfundible, amenazando con consumirla con ese beso único e increíblemente delicioso. Todos sus instintos cobraron vida, diciéndole que ése era su hombre. Que le pertenecía sólo a ella. Su reacción surgió sin ningún pensamiento racional. Se abrió a él como una flor al vital calor del sol.

Le poseyó la boca y le respondió con igual generosidad. En ese instante no le importaba quién era ella o quién afirmaba ser ese hombre. Lo único que importaba era que el momento no terminara jamás. Así como todo lo anterior le resultaba ajeno y desconocido, eso lo reconocía. Despacio, él se retiró y Kiley vio que los ojos le ardían como un fuego negro. En su expresión leyó todo lo que ella misma sentía, una unión de emociones tumultuosas.

En un plano instintivo sintió que ese hombre y ella se habían unido de forma permanente en corazón, cuerpo y alma. Pero... ¿cómo era posible algo así mediante un gesto tan básico como unir las manos? ¿Cómo un contacto tan sencillo podía vincularla con un completo desconocido de forma tan irrevocable?

La reacción al contacto le reveló que conocía a ese hombre, sin importar lo que hubiera afirmado apenas unos momentos antes. Despacio, alzó la vista a la de su marido. O, al menos, al hombre que la reclamaba como esposa.

La opinión que tenía de él no había variado desde que entrara en la habitación. Seguía siendo intensamente atractivo, un dios de la guerra, con el pelo y los ojos del negro más profundo y una mirada que silenciaba con expresión pétrea. Llevaba el pelo algo más largo que lo que dictaba el protocolo social y se le ondulaba un poco en la nuca.

–¿Quién eres? –exigió. Descartó su respuesta antes siquiera de que pudiera formarla–. Sé que afirmas ser mi marido. Quiero decir, ¿cómo te llamas?

–Nicolo. Tú llámame Nicolo –una sonrisa suavizó la frialdad de sus facciones–. Salvo cuando estés enfadada conmigo. Entonces elige algún término cariñoso algo más llamativo.

–¿Y eso sucede a menudo?

La sonrisa se acentuó.

–Bastante. Los dos tenemos personalidades más bien... tempestuosas.

Miró al personal médico reunido alrededor de la cama y con la cabeza indicó la cortina que protegía el cubículo. En silencio, todos salieron de la habitación. A ella no le sorprendió que obedecieran. Tuvo la poderosa sospecha de que pocos se atrevían a discutir con Nicolo, y quienes lo intentaban, no resistían mucho.

–También me gustaría dejar algo claro –dijo en cuanto se quedaron solos–. Mi apellido no es O'Dell, sino Dante. Nicolo Dante. Cuando te ingresaron, todo fue tan rápido y confuso que no me molesté en corregir el error –la observó con atención mientras le ofrecía esa información.

–No entiendo –repuso ella–. Si estamos casados, ¿por qué tenemos apellidos distintos?

Él se encogió de hombros.

–No llevamos casados mucho tiempo. Y tú aún no has decidido si quieres aceptar todo el equipaje asociado al mío.

Ella tenía un montón de preguntas que eran un torbellino en la oscuridad de su mente.

–Has dicho que no llevamos mucho tiempo casados. ¿Cuánto es «mucho»?

–Apenas unos días. Fue una relación vertiginosa.

Por algún motivo, eso la alteró, posiblemente

porque había esperado más. La prueba de una historia larga y asentada que pudiera documentar con palabras y fotos. Una conexión que se remontara a los rincones vacíos de su mente. Algo que la anclara en ese mundo confuso en el que había despertado.

–Una relación vertiginosa –repitió. Pensativa, entrecerró los ojos–. De algún modo, no me das la impresión de ser una persona impulsiva. Te habría catalogado como el tipo de hombre muy ponderado. Alguien que consigue lo que quiere cuando quiere, sin importar qué o quién se interponga en su camino. ¿Me equivoco?

Al oír la pregunta, una máscara cayó sobre su cara y las facciones adquirieron una dureza diamantina.

–Es una observación bastante interesante después de apenas uno o dos minutos de contacto. ¿O has recordado algo acerca de mí?

Santo cielo, ¿cómo había podido ser tan necia para casarse con un hombre así? La fuerza de su personalidad amenazaba con abrumarla, algo de lo que no estaba segura de poder impedir aunque no se hallara herida y en un hospital. Debía de haber estado loca para casarse con él, para creer durante incluso un segundo que podría encerrarse en una jaula con una pantera hambrienta y salir ilesa. Tal vez en su otra vida olvidada le gustaban los desafíos. O quizá sólo estuviera loca. El tiempo lo diría.

–Respondiendo a tu pregunta, no te recuerdo en absoluto –confesó–. Ojalá lo hiciera, porque entonces entendería cómo he llegado a estar en esta situación. Y en respuesta a tu otro comentario, baso mis suposiciones sobre ti en que logras despejar la habitación con una simple mirada.

La estudió en silencio antes de responder:

–Tienes razón. Hago lo que sea necesario para conseguir mis objetivos. Pero mi familia te dirá que soy el más impulsivo de todos ellos, ya que en ocasiones eso es lo que hace falta para conseguir el éxito. Decisiones instantáneas. Encontrar una solución creativa para un problema imposible.

–¿Y nosotros? –no pudo evitar preguntar–. ¿Nuestra relación cómo encaja en esa dinámica?

La diversión volvió a asomarse a los ojos de él.

–Aunque no fuera impulsivo, tu reacción a mi contacto deja claro que hubo otras consideraciones.

Pudo conjeturar con precisión una de esas consideraciones.

–Te refieres a que nos sentíamos físicamente atraídos... –no tenía ningún sentido emplear algún eufemismo para esa realidad.

Él la estudió en silencio largo rato.

–Al parecer, es mucho más que una simple atracción física, Kiley. Es más profundo. De lo contrario, mi contacto no te afectaría de esta manera. Al perder la memoria, deberían haberse cortado todas las conexiones entre nosotros –alzó las manos todavía unidas–. Sin embargo, no ha sido así.

Ella parpadeó sorprendida al descubrir que seguían con las manos juntas. A pesar de las advertencias que aullaban por todo su sistema, aceptaba el contacto entre ellos. Es más, se aferraba a él.

–¿Piensas que te reconozco en un plano subconsciente? –preguntó despacio–. ¿Es algo que resulte posible con amnesia?

Al verlo titubear, no pudo evitar preguntarse qué era lo que no le revelaba. Todo acerca de la vida de cada uno de ellos, de su pasado y presente juntos, incluso de los planes que podrían haber llegado a hacer para el futuro, era susceptible de permanecer en la sombra si él así lo eligiera, y ella se vería obligada a aceptarlo de forma literal.

Que el cielo la ayudara, pero las claves para toda la información que abarcaban su anterior vida estaban en manos de un hombre en quien no le quedaba más alternativa que confiar.

—El doctor Ruiz ha dicho que, con tiempo, tu memoria podría regresar —dijo Nicolo.

No había contestado a su pregunta. No le había explicado cómo o por qué lo reconocía en un plano subconsciente. Pero su comentario despertó una preocupación aún mayor.

—¿Y si no recupero la memoria?

—Entonces, tendrás recuerdos a partir de este momento —le sonrió—. Creo que en breve empezarás a recuperar fragmentos de tu pasado, y más si tenemos en cuenta tu reacción ante mí.

—¿Qué reacción? —preguntó con un toque de humor—. ¿La parte en la que me puse histérica o ésa en la que me convertí en un cúmulo de lujuria?

La pregunta lo sorprendió y soltó una carcajada ronca.

—¿Un cúmulo de lujuria?

Se ruborizó, pero no apartó la mirada de sus ojos.

—Bueno, ¿cómo lo llamarías tú?

—El Infierno.

Saboreó las palabras y las repitió con suavidad.

—El Infierno. Es la descripción perfecta de lo que siento —entonces estableció la conexión—. ¿El Infierno de los Dante? Inteligente.

–No puedo reclamar la descripción como propia.

–¿Es una broma familiar? –aventuró una conjetura.

Él volvió a quedarse quieto y a convertirla en blanco de su estudio. Ella tuvo ganas de esconderse.

–¿Es un recuerdo, Kiley? –preguntó con gentileza–. ¿O sólo una buena adivinanza?

De pronto, lo entendió.

–Dios mío, piensas que finjo la amnesia, ¿verdad?

La expresión de él no cambió.

–¿Por qué ibas a hacerlo?

–No lo sé. Soy yo quien ha perdido la memoria, ¿te acuerdas? Así que dímelo tú. Empecemos por cómo llegué aquí –le pidió.

Para su alivio, en esa ocasión él no sopesó lo que le contaba.

–Te atropelló un taxi mientras cruzabas la calle. Yo salí del hotel justo a tiempo de ver cómo sucedía.

Hizo una pausa y Kiley pudo ver lo mucho que lo había afectado el accidente, pudo vislumbrar el horror y la impotencia que había experimentado los segundos anteriores a su atropello. Percibió que ese accidente también había cambiado de manera irreparable la vida de Nicolo.

Él necesitó un momento para recobrar el autocontrol.

–Como ya he comentado, ¿qué razones podrías tener para fingir una amnesia? Fue un estúpido y lamentable accidente.

–Pero hay algo más, puedo verlo en tu expresión. ¿Qué es lo que no me cuentas?

–Justo antes tuvimos una pelea –le costó admitirlo–. Saliste del hotel a toda velocidad. Si hubiera

35

evitado que te marcharas o si no me hubiera demorado en ir detrás de ti, tal vez habría podido evitar que ocurriera el accidente.

Vio que hablaba con absoluta sinceridad y algo se relajó en su interior. Hasta los hombres duros tenían vulnerabilidades. Y, al parecer, la de Nicolo era ella.

–Te culpas a ti mismo del accidente, ¿verdad?

Él le apretó los dedos con fuerza.

–Sí.

–¿De qué habría servido que hubieras estado conmigo? –le ofreció una sonrisa tranquilizadora–. Lo más probable es que el taxi nos hubiera atropellado a los dos.

–Lo dudo. Es mucho más probable que hubiera podido evitar que el incidente sucediera.

La certeza absoluta en su voz la divirtió.

–Veo que me he casado con un hombre arrogante.

–No se trata de arrogancia, sino de la verdad.

Ella rió, y el sonido le gustó.

–Creo que acabas de corroborar mi afirmación –expuso.

Kiley no supo establecer cuándo había aceptado a Nicolo como a su marido. No con el primer contacto, a pesar de la innegable conexión que existía entre ellos. Aunque debía reconocer que el inconfundible impulso de deseo la había convencido de que ambos formaban dos partes de un todo, claramente conectados físicamente. Pero eso no había bastado para convencerla de que eran marido y mujer.

Quizá hubiera empezado a aceptar su matrimonio por el modo en que se había aferrado a él durante la conversación. O por el intenso dolor que había vislumbrado cuando su marido le había descrito el accidente. O quizá por algo tan tonto como que reconociera que ella aún no había decidido si adoptar o no el apellido Dante. Fuera cual fuere la causa, el resultado era la aceptación de un hecho innegable: eran el uno para el otro.

—¿En qué piensas? —quiso saber Nicolo.

—Intento recordar, pero...

—¿Qué? —instó.

—Tengo miedo —confesó—. Me da miedo lo que vaya a encontrar cuando recuerde.

—¿O lo que no encuentres?

Su percepción la ponía nerviosa.

—Eso también.

—Ahora me toca preguntar a mí. Hay algo más. ¿Qué es lo que no me cuentas?

Por algún motivo peculiar, las lágrimas se agolparon en sus ojos.

—Me da miedo perder más de mí misma si me duermo, si eso es posible —respondió con un susurro, casi temerosa de decirlo en voz alta por si la pesadilla cobraba forma y sustancia—. Que sea como en esa película. ¿Conoces la que despierta cada día para tener que volver a empezarlo de nuevo?

—¿Te refieres a *Cincuenta primeras citas*?

—Sí, ésa —se movió inquieta antes de proseguir—. ¿No es ridículo? Puedo recordar esa película, pero no dónde o cuándo la vi o con quién estaba —lo miró esperanzada—. ¿Tal vez contigo?

Para su decepción, él negó con un gesto de la cabeza.

—Debería advertirte de que no nos conocemos tan bien. Nuestra relación realmente es vertiginosa.

–Entonces no necesitaremos mucho para ponernos al día, ¿verdad? –aventuró con ligereza.

Eso le ganó otra sonrisa que hizo que el corazón le diera un vuelco, algo que reflejaron los monitores.

–Tienes toda la razón.

De repente cayó sobre ella una oleada de agotamiento y los ojos empezaron a cerrársele.

–Me quedo dormida. Debe de ser por la inyección que me ha puesto la enfermera –le apretó los dedos–. ¿Seguirás aquí cuando despierte?

–Estaré aquí. No me iré a ninguna parte.

Tan tenaz. Tan sólido y tranquilizador.

–¿Te recordaré? –logró preguntar.

–Si lo olvidas, yo te lo recordaré. Y si eso no funciona... –se llevó la mano de ella a los labios y le plantó un beso en la palma–. Nunca olvidarás esto.

–Tienes razón. Jamás podré olvidar eso –murmuró–. Gracias, Nicolo. Me alegro mucho de que seas mi marido.

Y entonces la oscuridad volvió a reclamarla.

Capítulo Tres

–¿Te has vuelto loco?

Nicolo suspiró.

–Creo que es la misma pregunta que me hiciste la última vez que mantuvimos esta conversación.

–Justifica que te la repita –proclamó Lazz. Se volvió hacia su hermano mayor, Sev, en busca de confirmación–. ¿Es que excusas lo que hace?

–Ni un poco –le aseguró Sev. Titubeó una fracción de segundo antes de añadir–: Aunque...

Lazz cerró los ojos.

–Oh, no. Diablos, no. Bajo ningún concepto o forma lo animes en esta locura.

–Nos dará tiempo para descubrir qué trama –aportó Sev–. Si recupera la memoria, estaremos preparados. Nicolo habrá reunido suficiente información como para establecer un plan de acción.

–¿Y eso es legal? –espetó Lazz.

Nicolo luchó para no frotarse la palma de la mano, ya que desde que la uniera con la de Kiley, lo había dominado el impulso abrumador de frotarse el lugar donde ella lo había marcado. Era algo que también le había sucedido a Sev y a Marco. Y en ese momento le pasaba a él, aunque aún no se atrevía a revelarlo.

–Por si se os ha escapado –anunció–, no estoy pidiendo el consejo ni la opinión de nadie. Simplemente, os informo de los últimos acontecimientos.

–Lo que incluye que sigas fingiendo ser su marido –bramó Lazz–. ¿Qué diablos crees que va a pasar cuando recupere la memoria?

Nicolo se encogió de hombros.

–Ya me ocuparé de ello.

El hermano gemelo de Lazz, Marco, habló por primera vez.

–Creo que la pregunta más interesante es: ¿qué pretendes hacer con ella si jamás recobra la memoria? –miró a Nicolo, viendo demasiado–. ¿Cuánto tiempo piensas mantener el engaño? ¿Y qué harás una vez quedes convencido de su culpabilidad?

–O inocencia –aportó Nicolo sin pensárselo.

–¿Crees que eso es posible? –inquirió Marco con perspicacia.

Nicolo analizó la posibilidad antes de descartarla a regañadientes.

–No. Cuando nos conocimos en Le Premier, estuve seguro de que había algún tipo de engaño. Con suerte, Rufio podrá descubrir la verdad. Además de comprobar su pasado, hice que recogiera sus pertenencias en Le Premier.

–¿Qué descubrió? –preguntó Sev.

–Nada de utilidad –lo que potenciaba aún más sus sospechas–. No encontramos nada que indicara de dónde venía inmediatamente antes de nuestro encuentro o si tiene un cómplice. No hemos encontrado ninguna agenda, de papel o electrónica, ni siquiera una tarjeta comercial. Su teléfono móvil es de prepago. Y el permiso de conducir tiene una dirección antigua. Se marchó de allí, de Fénix, para ser exactos, hace dieciocho meses y no dejó ninguna dirección nueva para que le enviaran la correspondencia.

Sev frunció el ceño.

–Sólo eso ya nos debería hacer reflexionar –comentó–. Nadie mantiene un perfil tan bajo a menos que tenga un buen motivo. Doy por hecho que le pediste a Rufio que siguiera investigando.

–Sí. Tiene instrucciones de ponerme al día de forma regular para que yo pueda incorporar sus hallazgos a la historia que le cuento a Kiley acerca de nuestra unión. Hasta entonces, pretendo mantenerla cerca de mí.

–No me gusta cómo suena eso –manifestó Lazz–. ¿Qué historia? ¿Y cómo de cerca piensas mantenerla?

Nicolo le dedicó una mirada impaciente.

–Intenta aplicar algo de la lógica que tanto aprecias. Se supone que es mi esposa, ¿recuerdas? Cuando mañana le den el alta en el hospital, la voy a llevar a casa conmigo. Ya he trasladado sus pertenencias allí y he creado una historia completa de cómo, cuándo, dónde y por qué nos enamoramos –sus tres hermanos se incorporaron de un salto, hablando al unísono. Esperó hasta que se les acabó el fuelle y continuó–: Aún se está recuperando de un accidente grave. No tiene recuerdos y nadie que la ayude... salvo su marido –los calló con un gesto de la mano–. Además, así podré vigilarla. Ella cree que soy su marido. Pretendo desempeñar el papel al pie de la letra hasta que tenga un buen motivo para no hacerlo. Y hasta ahora, ninguno de vosotros me ha ofrecido uno. En cuanto Rufio haya descubierto la verdad, decidiremos cómo actuar.

–¿Tienes idea de la clase de problemas que nos podría causar esto? –inquirió Lazz.

Nicolo rió con ironía.

–Va a causar más problemas de los que puedas imaginarte. Por desgracia, no tengo elección.

El Infierno se había ocupado de que así fuera.

–¿Aquí es donde vives?

–Vivimos –la corrigió con gentileza–. Aquí es donde vivimos.

–Oh, claro –observó la elegante casa victoriana de fin de siglo. Desde el interior salió un sonido atronador y ronco que sacudió las ventanas–. ¿Qué ha sido eso?

–Ah –esbozó una sonrisa fugaz–. Brutus.

–Brutus –repitió ella–. ¿Y qué clase de criatura es Brutus?

–Un perro.

–Mmm. Suena más bien a cruce entre alce y león.

–Es una descripción correcta –esperó hasta que se girara para mirarlo consternada–. Es un San Bernardo. Muy bueno y amable.

Ella respiró hondo y volvió a girar hacia la puerta de entrada. Luego le dedicó a su marido una última mirada.

–Supongo que no sabes si me gustan los perros, ¿no?

–Te encantan –afirmó de forma categórica–. Y adoras a Brutus. Todo el mundo lo adora.

–Si tú lo dices…

Introdujo la llave en la cerradura y abrió la puerta. Una serie de vibraciones atravesó la suela de los zapatos de Kiley a medida que Brutus se acercaba a la carrera. Llegó hasta el parqué del vestíbulo y la velocidad del ímpetu hizo que patinara por la lustrosa madera. Se detuvo a unos centímetros de donde se hallaban ellos dos.

Kiley permaneció paralizada ante ese animal enorme que probablemente le sacaba unos cincuenta kilos y parecía capaz de tragársela de un solo bocado. La parte superior de la cabeza le llegaba al hombro y cada centímetro de su voluminoso cuerpo ondulaba con unos músculos duros y fibrosos, mientras el pelaje vibrante y multicolor rebosaba salud. Era un animal magnífico, aunque en ese instante le resultaba difícil apreciarlo demasiado debido al terror abrumador que la poseía.

Nicolo se puso de rodillas y entabló una especie de juego ritual entre hombre y perro que la hizo dar marcha atrás a la velocidad que le permitió la cadera dolorida; no paró hasta quedar pegada contra la puerta de entrada.

–Nicolo –susurró.

Él miró por encima del hombro y frunció el ceño.

–¿Qué sucede?

Kiley trató de hablar y sintió la garganta reseca.

–Creo que la amnesia puede haber fastidiado mi atracción por los perros.

Él se puso de pie y creó una barrera sólida entre ella y su perro.

–No tengas miedo. Te juro que Brutus es el animal más afable y apacible del mundo.

–Es que... –tragó saliva–. Es tan grande…

–Sí, lo es –convino Nicolo. Hizo un gesto con la mano y en respuesta Brutus al instante se dejó caer al suelo en una postura tipo esfinge–. Iremos con calma y despacio. Me tienes a tu lado y no dejaré que te suceda nada malo.

–Gracias –le ofreció la mano y Kiley la tomó sin pensárselo dos veces. Incluso dejó que la acercara al perro, que ni siquiera movió un músculo–. ¿Por qué está tan quieto? –resultaba inquietante.

–Lo he adiestrado para obedecer –le sonrió–. No eres la primera persona intimidada por su tamaño, de modo que le he enseñado ciertos comportamientos que lo vuelven más accesible y menos intimidador –realizó otro gesto con la mano y Brutus apoyó la cabeza sobre sus enormes patas delanteras. Unos inmensos ojos de un marrón líquido miraron a Kiley–. Kiley, te presento a Brutus. Cierra la mano hasta formar un puño y colócala delante de su nariz para que pueda olerte. No te preocupes, reconocerá tu olor.

Necesitó todo su valor para hacer lo que Nicolo le pedía. Cerrando los ojos y rezando para no perder medio brazo, se inclinó y bajó el puño a menos de medio metro del hocico de Brutus. El animal se lo olisqueó. Movió el rabo en reconocimiento y se acercó lo suficiente como para lamerla. Fue como si alguien hubiera activado un interruptor de luz. El miedo no desapareció por completo, pero le fue imposible oponerse a la dulzura que emanaba de Brutus.

Cedió a la tentación y lo acarició detrás de las orejas. Tras unos minutos, la cadera la obligó a incorporarse con la ayuda de Nicolo.

–Su pelo es muy suave –se maravilló.

–No dejes que te engañe. Es un animal astuto.

–¿Astuto?

–Con él todo se centra en la comida. Ten cuidado cuando estés comiendo, porque encontrará un modo de distraerte para quitarte la comida del plato –entrelazó los dedos con los de ella–. Ven. ¿Te enseño la casa?

–Me encantaría.

Con Brutus abriendo el camino, Nicolo la escoltó por las habitaciones de la planta baja, que incluían una cocina de tamaño generoso con una mesa situada junto a una ventana mirador, un comedor adyacente y un salón hermosamente decorado. Luego la llevó al que evidentemente era su cuarto preferido, una gran sala de estar con estanterías empotradas, un televisor de plasma que parecía una pantalla de cine y un enorme y cómodo sofá lleno de cojines.

Antes de poder subir las escaleras que conducían a la primera planta, sonó su teléfono móvil. Con una disculpa, aceptó la llamada.

–¿Qué has averiguado, Rufio? –escuchó un minuto largo–. ¿Algún familiar aparte de...? Entendido. No, eso es muy útil, gracias. Justo lo que necesitaba –cerró el aparato y le sonrió a Kiley–. Lo siento. Me ponían al tanto de una noticia que esperaba.

–No pasa nada.

Nicolo se detuvo ante la puerta de un dormitorio amplio iluminado por la última luz dorada de la tarde. Apoyado en el marco, esperó mientras ella lo recorría.

–Éste es el tuyo. He pensado que te sentirías más cómoda teniendo una habitación para ti sola. Al menos, por el momento.

–Eres muy considerado –musitó ella sorprendida.

No se atrevió a decirle que no le resultaba nada cómodo. De hecho, hacía que se sintiera aún más sola. Por otro lado, ¿realmente quería pasar la noche en la cama de él? A pesar de la reacción instintiva que le despertaba, de esa pasión devoradora que desafiaba toda comprensión, sólo se conocían desde hacía unos días, al menos por lo que ella podía recordar. Su marido se mostraba increíblemente sensible al no forzarla a una relación íntima hasta que ella hubiera dispuesto de tiempo para adaptarse al matrimonio. Para él debía de ser una situación igual de difícil.

Fue hacia el armario y abrió las puertas dobles.

—Tu ropa está aquí y también en la cómoda.

La curiosidad pudo con ella y se reunió con Nicolo para ver qué tipo de ropa solía ponerse, con la esperanza de que eso le brindara alguna pista acerca de su personalidad. El armario estaba lleno, con algo para cada ocasión, aunque la mayoría de las prendas todavía tenían las etiquetas originales.

—¿Por qué todo es nuevo? —preguntó.

—Ahora eres una Dante. Necesitas ropa en consonancia con eso.

Examinó las prendas una segunda vez y respiró hondo.

—Nicolo, es todo ropa de marca. Tiene que haber costado una fortuna.

Él se encogió de hombros.

—Es lo que usas. Aparta todo lo que no te guste. También me advertiste de que algunas piezas necesitarían algún retoque —la miró fijamente—. Pensé que te encantaría tener un guardarropa nuevo.

Se mordió el labio y temió haber sonado desagradecida.

–Gracias –logró manifestar–. Todo es precioso.

–Sin embargo... –ladeó la cabeza–. Veo que no estás muy entusiasmada.

Le dedicó una de esas miradas que parecían llegar a su alma.

–Es que resulta un poco abrumador –miró incómoda el interior del armario–. Con el tiempo me adaptaré –dijo, y con un susurro, añadió–: Quizá.

No sabía por qué había reculado de la belleza y el lujo que él le había mostrado. No podía explicarlo. Simplemente, no lo sentía bien, como si hubiera caído en la vida de otra persona y no tuviera idea de cómo volver a la suya.

Él le tomó la mano izquierda y Kiley se quedó quieta, superada por el fuego del Infierno. Eso sí lo entendía. Eso la anclaba y la centraba. El contacto de él y su reacción a dicho contacto. La necesidad que le carcomía las entrañas, insistiéndole en que completaran lo que habían comenzado. Lo que más deseaba era salir de esa habitación e ir al dormitorio que una vez había compartido con él. El lugar que le correspondía.

Antes de que pudiera llevar el pensamiento a la acción, él dijo:

–Falta otra cosa.

«Tú», quiso decir ella. «Tu boca en la mía. Tu piel contra mi piel. Tomándome y haciéndome tuya».

–¿Qué?

Él le alzó la mano.

–Tus anillos nupciales.

Los ojos de Kiley reflejaron alarma.

–¿Los perdí en el accidente?

–Como te he mencionado, nuestra boda fue repentina. Se suponía que íbamos a salir a comprar los anillos el día de tu atropello.

—Oh, qué triste.

—No te preocupes. Nos ocuparemos de ello en cuanto te hayas recobrado. Lo convertiremos en un día especial. ¿Qué te parece?

Ella titubeó.

—¿Estás seguro de que no quieres esperar hasta que recupere la memoria?

—No lo había pensado. ¿Crees que entre ahora y entonces cambiarás de idea acerca del estilo?

Ella miró incómoda el interior del armario.

—Es posible. Quizá nuestros gustos están determinados por nuestras experiencias pasadas. No quiero tomar ninguna decisión que luego pueda lamentar.

—Si luego cambias de idea, simplemente elegimos otros.

—¿Así de fácil? —se maravilló—. ¿Como si no tuvieran ningún significado? ¿Como si un anillo fuera tan bueno como otro? ¿Eso es lo que crees, Nicolo? ¿Era lo que creías?

Él movió la cabeza.

—Jamás tratamos el tema.

—No, claro que no. ¿Por qué íbamos a hacerlo? Te diré lo que haremos. Ciñámonos a algo sencillo, estilo alianza. Si luego cambiamos de idea, podremos elegir unos anillos que representen algo más para nosotros.

—No tienes que tomar una decisión ahora mismo. Nunca se sabe. Puede que cuando vayamos de compras veas algo que te encante —abrió el cajón superior de la cómoda y sacó un pequeño estuche cuadrado—. Toma. Es tuyo. Lo llevabas el día del accidente.

Aceptó el estuche, y quedó sorprendida por lo que pesaba. Dentro encontró un elaborado medallón de plata con una cadena a juego.

–Es precioso –lo miró esperanzada–. ¿Me lo regalaste tú?

–Me temo que no puedo otorgarme ese mérito. Es tu joya favorita. Creo que se trata de una herencia de familia.

–No parece antigua –lo observó en busca de una diminuta bisagra–. Da la impresión de que debería abrirse, pero no veo cómo. ¿Lo sabes tú?

Él movió la cabeza.

–Si se abre, nunca me mostraste el secreto. Si sientes curiosidad, podemos llevarlo a un joyero a ver si lo descubre.

–Es una buena idea –le alargó el medallón–. ¿Te importaría ponérmelo?

Cuando se volvió, él le apartó el cabello para poder cerrar el broche de la cadena. Ella tuvo un breve vistazo de sí misma en el espejo antiguo que había encima de la cómoda y se sobresaltó. Desde la primera vez que se había visto en el hospital, no había cesado de sorprenderse.

–¿Qué pasa? –preguntó Nicolo mientras cerraba la cadena.

En cuanto terminó, Kiley le dio la espalda a su imagen.

–Nada –le ofreció una sonrisa luminosa–. Todo es fantástico –vio que no la creía.

Él apoyó las manos en sus hombros y la obligó a volver a contemplar su reflejo en el espejo.

–¿Por qué tienes tanta dificultad en mirarte a ti misma?

–Supongo que se debe a que veo al tipo de mujer que desearía ser –soltó una risa frustrada–. Suena extraño, ¿verdad?

–Un poco. No tienes que desear ser la mujer que ves. Eres ella.

–No lo entiendes.

Le apretó los hombros con gentileza.

–Entonces, explícamelo.

–Es tan frustrante… Ni siquiera recuerdo qué aspecto tengo. La primera vez que me vi en un espejo…

–¿Fue como mirar a una completa desconocida?

–¡Sí! –sus miradas se encontraron a través del espejo–. No dejo de observarme, tratando de descubrir alguna pista de mi personalidad. Y lo mejor que se me ocurre es que parezco... agradable.

–Yo te calificaría como hermosa –ladeó la cabeza–. Una combinación de hada traviesa y ángel.

El color se acentuó en sus mejillas, revelando la reacción que le producían las palabras de Nicolo.

–Aparte de la apariencia, me refería también al carácter. Soy bonita. Puede que más que bonita. Pero parezco... –se estudió.

Por algún motivo, la expresión de Nicolo se mostró impasible.

–Agradable.

–Sí –Kiley no pudo contener una sonrisa–. No me malinterpretes. Eso es bueno. Quiero ser una persona agradable. Me siento agradable –se llevó la mano cerca del corazón–. Por dentro.

–Entonces, debes de serlo –le informó con ligereza–. De lo contrario, no me habría casado contigo.

Ella se relajó en sus brazos.

–Me alivia oírte decirlo –de repente se puso rígida–. Pero ¿y si he cambiado debido a la amnesia? ¿Y si no soy la misma persona que era antes?

–No tienes de qué preocuparte.

Ella giró.

–Pero... ¿nuestras personalidades no están formadas por los acontecimientos y las circunstancias de nuestro pasado? Como no tengo nada en qué basarme...

–Entonces tendrás que fiarte de tu instinto y permitirte vivir la vida del modo que sientas idóneo.

La dominó la frustración.

–Haces que suene tan simple…

–Lo es. Haz lo que sientas correcto dentro de ti –le acarició la mejilla con el dorso de la mano–. ¿Por qué no descansas un poco mientras yo pido que nos traigan algo para cenar?

–Doy por hecho que no cocinas –comentó divertida, aliviando la tensión.

–Sé preparar tostadas, si me veo obligado. Pero le dejo la cocina a expertos como Marco y mi abuelo.

–¿Marco es tu hermano? –adivinó.

–Uno de tres hermanos mayores. Están Sev, el mayor. Y luego vienen Marco y Lazz, gemelos. Nos criaron nuestros abuelos, Primo y Nonna. Luego hay primos y algunas cuñadas.

De repente pensó algo que no pudo creer que no se le hubiera ocurrido antes.

–¿Y yo? –preguntó ansiosa–. ¿Tengo familia?

Él movió la cabeza.

–No tienes hermanos y tu padre murió cuando eras un bebé. Tu madre sigue viva, pero no he podido localizarla. Que no te entre el pánico –añadió al verle la expresión–. Según lo que tú me has contado, no es raro que se marche varias semanas seguidas. Mencionaste que viaja mucho.

La embargó la consternación al comprobar que realmente no tenía a nadie. O casi.

–Si durante semanas pierdo el contacto con mi madre, no suena como que tenga una relación muy estrecha con ella.

–Tienes a mi familia –le indicó él al ver su expresión–, aunque aún no haya tenido la oportunidad de presentarte a todos sus miembros.

–¿Nuestra relación se desarrolló tan deprisa? –preguntó inquieta.

–Vuelves a mostrarte preocupada. Tranquila. Habrá tiempo más que suficiente para que los conozcas una vez que te hayas recobrado.

–¿Y si no lo hago? –preguntó con inequívoca tensión.

Él sonrió.

–Como nunca los has conocido, será una experiencia nueva tanto para la Kiley antigua como para la nueva.

–Es un modo interesante de mirarlo –comentó.

–Estás cansada, ¿verdad? –la observó–. Y sólo con mirarte sé que te ha vuelto el dolor de cabeza, probablemente de tanto preocuparte –la guió en la dirección del dormitorio–. Duerme. Estaré cerca si me necesitas.

Sin pensárselo, Kiley alzó la boca para un beso, y un segundo más tarde comprendió lo que había hecho. Captó un vistazo de algo sombrío en la mirada de Nicolo, un destello de sorpresa mezclado con un deseo intenso. Y luego él bajó la cabeza.

Fue un beso pausado y suave, pero no menos poderoso que el del hospital. La pegó más a él y exploró las curvas de su cuerpo al tiempo que ahondaba el beso. Le coronó los pechos a través de la tela de la blusa y le frotó los pezones hasta que se convirtieron en cumbres duras y rígidas. Antes de que ella pudiera jadear como única reacción, deslizó la mano por debajo de la blusa para investigar más.

Extendió las manos en torno a la cintura estrecha antes de volver a encontrar sus pechos. Los motivó a través del sujetador de fina seda. Notó lo excitada que estaba, y con las yemas de los dedos marcó un camino tortuoso hasta las caderas.

Kiley pudo sentir la creciente presión de la erección contra su vientre. Las manos comenzaron a moverse otra vez en la exploración implacable de la curva de su trasero antes de deslizarlas para posarlas donde su necesidad era más acuciante. Lo deseaba. Que el cielo la ayudara, pero deseaba que le rompiera la ropa, la tumbara en la cama y le brindara el alivio que anhelaba su cuerpo.

Percibió que también él flotaba en el límite mismo del control. Estaban a punto de dar ese paso irrevocable. En el último instante, él la soltó y retrocedió. Pero la expresión tensa reveló que lograrlo le había costado un supremo acto de voluntad.

–Duerme –le dijo casi sin poder reconocer su voz–. Necesitas dormir más que esto.

Kiley tuvo ganas de cuestionárselo, pero la extenuación cayó sobre ella como un manto y se acurrucó encima de la cama. Si había tenido alguna duda acerca de su relación, Nicolo la había desterrado en los últimos minutos. Un simple contacto de él lograba que se derritiera. Bajo ningún concepto eso sería posible salvo que en un plano profundo lo reconociera y confiara en él.

Sonrió somnolienta. Con su marido al lado, sentía que podía enfrentarse a todo. Bostezó.

Se consideró muy afortunada.

El sonido de unos disparos despertó a Nicolo e hizo que saltara de la cama y corriera al pasillo. Entonces se dio cuenta de que los ruidos procedían del televisor de abajo. Después de comprobar el dormitorio de Kiley y ver que estaba vacío, fue a las escaleras y lo sorprendió ver que todas las luces de la casa se hallaban encendidas. Las fue apagando mientras seguía el rastro a la cocina.

Antes había planeado despertarla cuando les llevaron la cena, pero la había encontrado tan profundamente dormida, que no quiso molestarla. Le había parecido mejor opción dejarle una nota, y un rápido vistazo a la nevera le indicó que había devorado la comida china. Le agradó menos descubrir que Brutus había limpiado el resto.

Los encontró a los dos en el sofá, dormidos y completamente ajenos al tiroteo de dos bandas rivales mafiosas de una película de los años cuarenta que pasaban por la televisión.

Llevaba puestos un camisón y una bata que le había comprado durante su estancia en el hospital y que resaltaba la blancura de su piel. Tenía los dedos hundidos en el pelaje de Brutus, que roncaba a su lado.

El deseo que había experimentado antes revivió, igual de avasallador y descontrolado. Titubeó a unos centímetros de arrancarle el camisón y cubrirle el cuerpo con el suyo. Sabía que Kiley no se opondría. Dio un paso en su dirección antes de ver el hematoma de un púrpura intenso que tenía en la parte de atrás del hombro.

Respiró hondo y fue a apagar el televisor, lo que al instante hizo que Kiley despertara. O quizá fue que la alzara en brazos lo que la sacó del sueño. Para irritación de Brutus, se la llevó de allí.

–¿Adónde vamos? –preguntó, rodeándole el cuello con los brazos y bostezando.

–De vuelta a la cama –respondió.

–Oh –frunció la nariz–. Preferiría no ir.

–¿Prefieres dormir con mi perro?

–Preferiría no dormir sola –confesó con expresión vulnerable–. No es que tenga miedo. No exactamente. Es que no me gusta estar sola. No estoy acostumbrada.

–Puedo solucionarte ese problema.

Era inevitable. Lo había sido desde el instante en que la vio, en que la tocó y la reclamó como propia. De un modo u otro estaba destinada a terminar en su cama. Mejor antes que después.

–¿Me llevas a tu dormitorio?

–Sí.

–¿Dormirás conmigo?

–Sin ninguna duda –aunque ello representara una eternidad en el infierno.

Capítulo Cuatro

El deseo lo recorrió con fuerza incontenible.

Incapaz de oponer resistencia, se unió a ella en la cama y la acercó, apoyándole la cabeza contra el hombro. Comprendió que había algo distinto en Kiley. Una cualidad que no había estado presente cuando se conocieron, al igual que una cualidad que se había desvanecido de ella tan completamente como su memoria. Y entonces lo vio. Faltaba la astucia que había visto en aquella otra Kiley. En su lugar resplandecían amabilidad, generosidad y franqueza.

Claro que todo podía ser una charada perfectamente representada para engañarlo. Pero si fingía amnesia, estaba seguro de que la habría descubierto tal como había hecho en el hotel antes del accidente. Habría notado algún leve indicio de subterfugio. Y hasta el momento no había habido ninguno.

Ella se acurrucó en su abrazo como si ya hubieran dormido de esa manera miles de veces. Durante un instante los dos se quedaron quietos. Nicolo podía oír su respiración lenta y superficial y sentir la presión de sus pechos pequeños y perfectos.

Lo que más anhelaba era ponerla boca arriba y llenarla hasta rebosar, tomarla con boca y cuerpo. Unirse a ella en la definitiva danza de placer. No importaba otra cosa que tenerla en ese momento en sus brazos. Ya habría tiempo para preocuparse por las ramificaciones de sus actos. Cuando Rufio presentara el informe que demostrara que Kiley era culpable. Cuando Kiley recobrara la memoria. Cuando todos los errores que había cometido en su vida colmaran el vaso... encontraría una solución. Porque ésa era su especialidad. Lo que siempre había hecho. Mientras tanto, ¿por qué no disfrutar de lo que el destino les había dado con tanta generosidad y al demonio las consecuencias?

Pero no podía. Se recordó que hacía sólo unas horas que le habían dado el alta del hospital. Estaba llena de hematomas. Y lo peor de todo...

Era una estafadora.

No importaba que el Infierno se agitara en él como un tornado, insistiéndole en que diera el último paso de la posesión. Tampoco importaba que Kiley pareciera igualmente inclinada a ese compromiso. No podía confiar en esa mujer, no se atrevía a creer que algo de eso era real.

Ella le acarició el torso con las yemas de los dedos en movimientos circulares breves y tentadores.

—Me gustaría empezar de nuevo —comentó con una risa suave.

Nicolo le frenó la mano antes de perder el poco control que le quedaba.

—Empezar de nuevo —repitió.

Kiley asintió con los ojos brillantes.

—Se me ocurrió cuando volvía a familiarizarme con Brutus. Verás, no recuerdo nada de mi anterior relación con él.

Porque no habían tenido ninguna. El único motivo por el que Brutus había reconocido su olor al presentárselo era porque había dejado que el perro olisqueara las posesiones de ella después de que las llevaran a la casa.

—Cuando recuperes la memoria, todo eso se solucionará —aportó. Desde luego, cuando eso sucediera, sería él quien estaría en la perrera.

—No. No puedo esperar que pase eso. He de vivir mi vida ahora —lo miró seria—. No recuerdo mi relación con Brutus más que la nuestra. No puedo preguntarle a Brutus qué pasó.

—Pero puedes preguntármelo a mí —le dio una palmadita afectuosa.

La determinación de ella se mezcló con cierta desesperación.

—Quiero hacer más que preguntar. Y ahí es donde entra en juego mi idea.

Necesitaba dejar de tocarla, y pronto. Pero incluso mientras pensaba eso le apartó un mechón de pelo y se lo colocó detrás de la oreja, demorando los dedos en la curva sedosa de su mejilla.

—Cuéntamela.

—Dijiste que la nuestra había sido una relación vertiginosa, ¿verdad? —aguardó a que él asintiera antes de continuar—. Eso significa que no sería demasiado difícil recrearla, ¿verdad?

Diablos.

—¿Recrearla como en repetirlo todo de nuevo? —inquirió.

Ella sonrió y de pronto Nicolo comprendió que el gesto era un poco travieso. Por alguna extraña razón, le resultó demasiado atractivo.

—Exacto. Podemos recrear nuestro primer encuentro y cada una de nuestras citas subsiguientes. Y lo mejor de todo, tal vez me ayude a recordar.

De hecho, era una idea muy inteligente que le aportaría una diversión inagotable si estaba fingiendo la amnesia. Teniendo en cuenta que entre ambos no existía una historia, aparte de aquel encuentro desastroso en Le Premier, le resultaría imposible urdir algo real, lo que le dejaba la única opción de crear alguna fantasía ridícula.

Todo en su interior rechazó la idea. Ya había sido bastante deshonesto al reclamarla como su esposa. Cierto era que el Infierno lo había unido a esa mujer, y en circunstancias diferentes habría podido plantearse una relación seria con el fin de ver adónde los llevaría. Pero ni soñando iba a unirse de manera permanente con una estafadora.

Recordar quién era ella potenció su resolución. Había puesto ese juego en marcha por una razón específica. Si Kiley O'Dell tenía éxito con su estafa, el imperio joyero de la familia Dante se tambalearía. Debía desempeñar ese juego hasta conseguir pruebas de la verdadera naturaleza de ella. Por desgracia, las cosas se complicaban con la reacción física que le provocaba.

—¿Nicolo? —se la veía menos entusiasmada que momentos atrás—. ¿Qué sucede? ¿No te gusta mi idea?

—Me encanta.

—Entonces, ¿participarás?

Se estaba metiendo cada vez más hondo en un agujero sin salida. ¿Cómo iba a justificar sus actos si Rufio demostraba que era inocente? No podría. Y cuando ella recobrara la memoria, esos actos le causarían un dolor insondable.

Aunque ni por un momento creía que fuera inocente, no si se basaba en la actitud mostrada aquel día en Le Premier. Aquella mujer y la que en ese momento tenía en brazos no se parecían en nada. Hasta que ambas volvieran a unirse, seguiría el curso que se había establecido.

–Sí, participaré –convino–. Empezaremos de nuevo.

Pudo sentir su alivio.

–¿Dónde nos conocimos por primera vez?

–En el parque –repuso sin vacilación, recurriendo a la historia que había trazado previendo esa conversación–. Yo paseaba a Brutus.

–¿Y qué hacía yo allí?

–Estabas sentada. Acababas de llegar a la ciudad para incorporarte a un trabajo nuevo. Por desgracia, la empresa cerró una semana después de que empezaras.

–Te apiadaste de mí, ¿verdad?

La fantasía que había creado para llenar los agujeros en su memoria mostraban un ingenio asombroso y lo sorprendían.

–Lo hicimos Brutus y yo –forzó la mentira–. Te animamos jugando al frisbi.

–Entonces, es lo que haremos mañana. Iremos al parque a jugar al frisbi.

–En realidad, no.

–Pero...

Él movió la cabeza.

–Hace menos de un día que has salido del hospital. No haremos nada que pueda llevarte otra vez allí. Si estás dispuesta, tengo una alternativa.

–¿Cuál?

–Recrearé nuestro tiempo juntos, si es así como quieres jugar –y era dolorosamente consciente de que quizá para ella fuera simplemente eso, un juego–. A cambio, tú no formularás preguntas de antemano. Dejarás que los acontecimientos se desarrollen de forma natural.

—No entiendo. ¿Por qué?

—Porque de esa manera no tendrás ninguna expectativa preconcebida. Podrás ser tú misma y disfrutar de la ocasión. Nada de preguntarte si hiciste esto o aquello. Puedes aceptarlo según suceda y responder con naturalidad.

—Pero no sé qué es natural para mí –arguyó.

—Entonces, sigue lo que sientas idóneo.

Ella titubeó unos momentos antes de asentir con renuencia.

—Supongo que eso puedo hacerlo. ¿Estás seguro de que no podemos empezar mañana?

Él movió la cabeza.

—Esperaremos hasta que el médico indique que puedes realizar tus actividades normales –alargó la mano y apagó la luz–. Intenta dormir –porque el cielo sabía que él no podría con ella en la cama.

Kiley se pegó a él y amenazó con destrozar su capacidad para mantener casto el abrazo.

—No... no me gusta esta oscuridad.

—Estoy a tu lado –la tranquilizó–. No dejaré que te pase nada. Pero si te vas a sentir más cómoda con la luz encendida... –volvió a alargar el brazo hacia la lámpara–. ¿Mejor?

—¿Te importa? –lo miró con ojos atribulados–. Hasta despertar en tu habitación de invitados, no recuerdo haber estado sola antes. No... no me gustó.

—Eso tiene fácil solución –repuso pasado un minuto–. A partir de ahora, dormirás aquí conmigo y dejaremos la luz encendida.

–¿Seguro que no te importa?

–En absoluto.

Siguió abrazándola hasta que se quedó dormida mientras no dejaba de llamarse tonto de seis maneras diferentes. La observó dormir y memorizó cada curva y ángulo de su cara.

¿Cómo alguien con aspecto tan inocente podía ser tan amoral? Todos sus instintos insistían en que ella decía la verdad. Que la amnesia era real. Si sólo tuviera que pensar en él, correría el riesgo. Pero sus responsabilidades abarcaban mucho más, lo que significaba que debía mostrar una cautela extrema. Debía mantener la guardia, especialmente en momentos íntimos, privados y vulnerables como ése.

Cerró los ojos y deseó tener la capacidad de confiar, de creer en cosas como el Infierno, en segundas oportunidades y en la bondad de la naturaleza humana. Pero en su calidad de especialista en solucionar los problemas de Dantes, había visto demasiado de lo contrario como para llegar alguna vez a dar ese salto de fe.

La acomodó con más firmeza entre sus brazos y mientras se unía a ella en el sueño, una palabra resonó con más fuerza que todas las demás.

Mía.

Pasaron tres días interminables antes de que Kiley recibiera el visto bueno del doctor Ruiz para reanudar sus actividades normales. Éste también le proporcionó el nombre de un médico especialista en amnesia retrógrada, aunque esperó no llegar a necesitar dichos servicios. A cambio, prefería confiar en que con la ayuda de su marido, la memoria regresaría por sí sola. Que únicamente era cuestión de tiempo.

Deseaba poder ser capaz de explicar lo desorientada que se sentía. Nicolo lo sabía todo sobre ella mientras que ella no sabía nada de sí misma. Cada aspecto de su vida terminaba en un gigantesco signo de interrogación. Y cada vez que se veía obligada a formular una pregunta sobre su pasado o los planes de futuro que no recordaba, se sentía dependiente y vulnerable.

–Estoy segura de que todo me volverá a la mente en cuanto recreemos nuestras citas –le dijo a Nicolo–. Tiene que encender algo, ¿no?

–Es posible.

El entusiasmo de ella se atenuó.

–¿Piensas que no haber tenido indicio alguno hasta el momento significa que no volverá?

Al instante la rodeó con los brazos.

–En absoluto. Y ahora que te han dado el alta definitiva, veremos qué recuerdos podemos avivar.

Decidieron saltarse su primer encuentro en el parque y pasar a la primera cita «de verdad». Para consternación de Kiley, no salió como ella había esperado. El día comenzó bastante bien mientras recorrían las maravillas de San Francisco.

De hecho, el paseo turístico resultó ser una serie agotadora de vistas y sonidos, olores e impresiones. Por desgracia, ningún lugar incitó algo más que un destello de reconocimiento en los oscuros rincones de su mente, una percepción de que había leído o visto fotos de la ciudad en algún momento.

Y con cada parada, miraba a Nicolo, con la esperanza al parecer imposible de obtener alguna pista sobre aquella primera vez.

Al rato, él fue consciente del silencio creciente y de las miradas de reojo.

–¿Qué sucede? –le preguntó.

Suspirando, se dejó caer en el banco de un parque.

–Esto no funciona como en un principio pensé que lo haría.

Se sentó a su lado.

–¿No recuerdas nada? No necesariamente nuestros ratos juntos, sino algunos de los sitios en los que hemos estado. Pensé que eso podría encender algún recuerdo de algo.

Ella negó con la cabeza, enormemente frustrada.

–No recuerdo nada –confesó–. Ni uno sólo de los puntos turísticos –le dedicó una mirada renuente–. Tampoco estar contigo. Nunca.

Él bajó la cabeza.

–Lo siento, Kiley.

Ella le tomó la mano.

–Nada de esto es culpa tuya –lo calló antes de que pudiera hablar–. Sé que quieres asumir la responsabilidad de mi accidente. Pero debes reconocer que, si hubiera sido menos impulsiva, no me habría encontrado en medio de un cruce con tráfico denso donde me podía atropellar un coche.

Lo vio pensar en ello unos instantes.

–¿Por qué no acordamos estar en desacuerdo en ese tema en particular? –sugirió.

Kiley sonrió.

–Puedo vivir con eso –él la acercó y ella se acomodó en su abrazo con familiaridad–. Bueno, ¿continuamos con el recorrido? ¿O se te ocurre algo distinto que pueda ayudarme a recordar?

Nicolo titubeó antes de asentir.

–Hay otro sitio que podría instigar un recuerdo.

–¿Cuál?

Le dedicó la clase de sonrisa que amenazaba con derretirle los huesos. Sin duda era la misma sonrisa que había empleado durante sus primeras citas. Le bastaba con esbozarla y Kiley podía sentir que todo lo suave y femenino que había en ella se entregaba a él, instándola a aceptar cualquier cosa que pudiera pedirle.

–Ven. Prefiero que sea una sorpresa.

La llevó al corazón de la ciudad, donde estaban el distrito financiero y Embarcadero. Se metió en el aparcamiento subterráneo de uno de los enormes rascacielos y la escoltó a un ascensor privado que los llevó directamente a un ático. Cuando las puertas se separaron, salieron a una sala inmensa que a primera vista daba la impresión de ser la residencia particular de alguien.

Entró por delante de Nicolo y la alfombra mullida y de un suave gris paloma apagó el sonido de sus pisadas al tiempo que le daba al lugar una atmósfera opulenta pero íntima. Había sillones con una delicada tapicería a rayas grises y blancas, acentuadas por una fina franja negra, y sillones forrados en seda de un rubí intenso. Las piezas eran sencillas pero exquisitas. Delante de los sofás y los sillones había mesas de cristal. La luz creaba charcos intensos de luz que sólo apuntaban a las diversas mesitas, mientras los asientos permanecían en una suave sombra. Las plantas y los arreglos florales aportaban un calor añadido.

–¿Qué lugar es éste? –susurró.

–Dantes Exclusive.

Kiley se preguntó si la mirada de él se había vuelto intensa como las luces o si simplemente lo había imaginado.

–¿Dantes? Yo no... –movió la cabeza confusa–. ¿Es la empresa de tu familia?

–¿No has oído hablar de Dantes?

Kiley parpadeó.

–¿Hablas de la empresa de joyería? –él sólo la miró–. ¿Tú eres uno de esos Dante? –inquirió atónita.

–¿Nos recuerdas?

Lo miró incómoda, viendo a su marido bajo una luz completamente diferente.

Había percibido su poder y visto su riqueza, pero jamás se le había ocurrido que se moviera en círculos tan elitistas... ni tampoco que ella lo hiciera.

–Yo no diría recordar, exactamente –respondió al final–. Sé sobre los Dante igual que sé quién es el presidente actual. Retengo conocimientos generales, no recuerdos específicos sobre mi pasado. He oído hablar de los Dante. ¿Quién no?

Pareció aceptar la sinceridad de su comentario, aunque la atribulaba que siguiera cuestionando su amnesia. No dejaba de sentir como si le estuviera ocultando algo. Se preguntó si sería algo que esperaba que recordara... o que prefería que permaneciera olvidado.

–Dantes Exclusive forma parte de nuestro negocio dedicado solamente a la venta a nuestros clientes más selectos. Es por cita concertada. Pensé que disfrutarías viendo algunos de nuestros diseños más exclusivos.

Ella logró sonreír.

–Me gustará. Gracias.

La condujo por delante de un bar impresionante que contenía todas las bebidas imaginables hasta una puerta apenas visible en la pared, protegida por un complejo sistema de seguridad. Extrajo una tarjeta de su cartera y la pasó por el lector antes de abrir el mecanismo con una combinación de voz y huella dactilar del dedo pulgar. Cuando la puerta se abrió, Nicolo la introdujo en una deslumbrante tierra de fantasía.

Miró alrededor con los ojos muy abiertos.

–Oh –logró murmurar.

–Siéntete libre de mirar lo que quieras mientras voy a comprobar si hay alguien de la familia.

Lo observó alarmada.

–¿Tu familia?

–No tengas miedo. No te harán daño. Te lo prometo –fue a marcharse, pero vaciló–. A menos que quieras quedarte herméticamente encerrada aquí, yo miraría pero sin tocar.

Kiley juntó las manos a la espalda.

–Ni se me pasaría por la cabeza tocar algo.

En cuanto desapareció, realizó un recorrido lento de la sala, sintiéndose más abrumada con cada paso que daba. Un estuche tras otro exhibía juegos de joyas de una belleza deslumbrante. Se preguntó si ése era su lugar en el mundo. No podía llevar una vida de tanta riqueza y opulencia.

Se detuvo delante de un juego especialmente magnífico. Desde la puerta por la que había salido su marido le llegaron voces. Percibió un murmullo de él y luego la réplica más contundente de una mujer.

–Olvídalo, Nicolo –dijo–. No seré parte de...

Él la interrumpió, explayándose con voz baja y dura. Luego, Kiley oyó:

–De acuerdo. Muy bien. Pero ésta será la primera y la última vez.

Kiley se alejó de la puerta con un nudo en el estómago. ¿Qué diablos quería Nicolo y por qué esa mujer con la que hablaba no quería formar parte de lo que fuera que le hubiera sugerido?

Se detuvo ante otro expositor y, a pesar de su aprensión, centró toda su atención en el collar, los pendientes y el brazalete gloriosos. Un momento más tarde, Nicolo entró seguido de una rubia alta y elegante de ojos oscuros, quien le ofreció una sonrisa forzada que dejó a Kiley aún más incómoda.

–Te presento a mi cuñada, Francesca –dijo Nicolo–. Es la mujer de Sev y la mejor diseñadora de Dantes. Estás contemplando uno de sus diseños.

–Es increíble –le dijo Kiley mientras se estrechaban las manos–. Sencillo pero elegante. Y... y cálido.

La absoluta sinceridad debió de funcionar, porque la sonrisa de Francesca se suavizó y la cautela se mitigó en su mirada.

–Gracias. Es parte de una colección que creé con el nombre de Corazón de Dante. Son diamantes de fuego –explicó–. Trabajar con ellos, incluso en la pieza más corriente, es una experiencia extraordinaria.

–¿Es el nombre que le dais a esos diamantes en particular? –los estudió con más detenimiento–. Oh, vaya. Ahora lo veo. Es como si estuvieran en llamas.

No supo qué fue lo que la alertó. Tal vez la implacable quietud que emanaba de los dos. O quizá percibió la intensidad de su mirada. Alzó la vista hacia ellos y se irguió.

–¿Podríais contarme, por favor, qué está pasando? –pidió–. Ya es malo que no recuerde. Pero tampoco comprendo el subtexto de silencio que hay entre vosotros dos –se centró en Nicolo–. ¿Estoy aquí por algún otro motivo que el de mostrarme el negocio familiar y presentarme a Francesca?

–Esperaba que ver los diamantes de fuego provocara algún recuerdo.

–¿Qué recuerdo?

–Cualquiera –ladeó la cabeza–. Pero no lo hace, ¿verdad?

–Ni una pizca –le ofreció una sonrisa tensa–. ¿Acaso soy diseñadora? ¿Por eso estoy aquí? No reconozco nada. Lo intento. De verdad, pero... –su mirada se encontró con la de Nicolo–. Por favor, por favor, ayúdame.

Llegó a su lado antes de que terminara de hablar y la abrazó con fuerza.

–Diablos. Lo siento, cariño –la consoló con su calor–. No es nada de eso.

–Oh –Kiley intentó ocultar su gran decepción y rezó para poder contener las lágrimas antes de que él pudiera verlas. Pero con Francesca tuvo menos suerte.

La otra mujer se acercó y le tomó la mano.

–Lo siento mucho –comentó Francesca–. No se me ocurrió que sacarías esa conclusión–. Aunque ahora veo que es un paso lógico. No tengo disculpas suficientes por haber sido tan cruel.

–No... –Kiley sentía que las emociones escapaban a su control. Agitó una mano delante de su cara–.

No me hagáis caso. Probablemente hoy me excedí y de golpe todo cae sobre mí.

–Nicolo –susurró Francesca con un deje de enfado en la voz.

–Es culpa mía –repuso él–. Yo me ocuparé de ello.

Miró a Kiley y la expresión que vio lo hizo jurar para sus adentros. Ella enterró la cara en la pechera de su camisa y Nicolo le hizo un gesto con la cabeza a Francesca, quien se marchó en silencio, aunque su expresión airada fue muy elocuente.

–Lo siento –dijo él–. De verdad que lo he estropeado. Mi intención era que miraras algunos diseños de anillos y vieras si alguno te atraía.

–Es demasiado, Nicolo. Demasiado abrumador demasiado pronto.

–Lo comprendo –hizo una mueca–. Al menos, lo comprendo ahora.

–¿Puedo dar por hecho que nuestra primera cita no terminó así? –preguntó ella con voz apagada.

–¿Contigo llorando? No, gracias a Dios no terminó así.

Ella rió.

–Me alivia oírlo –lo miró–. Por curiosidad, ¿cómo terminó?

Él cerró los ojos, librando una batalla interior que ya tenía perdida.

–Así...

Capítulo Cinco

Le enmarcó el rostro y lo alzó hacia el suyo. La besó. Sabía a dulzura y a lágrimas, a calor y a esperanza, todo mezclado con un deseo candente. No debería tocarla. Y, desde luego, no debería besarla. Había creído que, al llevarla al corazón de la riqueza y del poder de Dantes, vislumbraría algo. Avaricia. Felicidad. Una veloz expresión de codicia que no podría ocultar.

Pero no había mostrado nada de eso, ni siquiera después de dejarla sola y observarla a través de las cámaras de circuito cerrado. En todo caso, pareció nerviosa e incómoda, como si hubiera preferido estar en otro sitio sin tantas joyas deslumbrantes cotizadas en millones de dólares.

Se fundió contra él y le abrió la boca. Nicolo se zambulló en ella y las llamas del Infierno bramaron en su interior, cobrando vida como una conflagración sin control. De haber estado en cualquier otra parte, habría mandado todo al cuerno y la habría tomado allí mismo. Y por el modo en que ella lo aferraba, supo que Kiley no habría alzado ni un dedo para detenerlo.

–Me gustaría verte con uno de esos diseños –le dijo entre besos–. Adornada con diamantes de fuego sobre una sábana negra de satén.

Tembló contra él.

–Seguiría habiendo demasiadas cosas entre ambos. ¿Por qué no nos saltamos los diamantes y las sábanas? Preferiría estar adornada de Dante.

–A pesar de lo mucho que me gustaría satisfacerte, no podemos. No hasta que hayas dispuesto de tiempo para sanar. Hasta entonces –le arrebató otro beso profundo–, vayamos a casa.

A pesar de saber que la decisión de él era sensata, se sintió decepcionada. En ese momento prefería la temeridad y la pasión a la cautela.

–A casa, entonces –acordó a regañadientes. Aunque no abandonó su lado, no habló hasta que se hallaron en el ascensor de regreso al aparcamiento subterráneo–. Bueno, ¿qué planes tienes para mañana?

Una pregunta excelente. Basándose en la reacción de Francesca, comprendía que debía llevarse a Kiley fuera de San Francisco durante el tiempo suficiente hasta que Rufio completara su investigación. Requeriría llamar a un viejo amigo de la familia, Joc Arnaud.

Los Dante y el financiero multimillonario eran amigos desde hacía tiempo. Incluso ellos habían diseñado los anillos para la esposa de Joc, al igual que las joyas que éste le había regalado a Rosalyn cuando nació el primogénito de la pareja, Joshua. Con suerte, le permitiría permanecer en su isla privada mientras decidía cómo llevar la situación desastrosa que había creado.

Al salir del aparcamiento, le dedicó una mirada fugaz. Se la veía pálida y agotada.

–Tengo que llamar a un amigo para organizar una cosa. Puede que nos tengamos que marchar un par de días.

–¿Se trata de otra de nuestras citas?

Forzó la mentira.

–Precedió a nuestro matrimonio. De hecho, fue lo que te convenció de casarte conmigo.

–¿Me convenciste de casarme contigo en nuestra segunda cita?

–No. Después del desastre de hoy, he decidido adelantar nuestra agenda unas pocas semanas.

–¿Unas pocas semanas? –repitió–. No bromeabas al decir que había sido una relación vertiginosa, ¿verdad?

–Te advertí de que nos conocíamos desde hacía poco.

Se apoyó en el reposacabezas y cerró los ojos.

–Qué extraño. Debí de ser una persona impulsiva. Lo que explica el brío con el que iba cuando me atropelló el taxi.

–Eso te explica –musitó él–. Ahora intenta explicarme a mí.

–Supongo que lo nuestro hay que achacárselo al Infierno. Parece surtir un efecto bastante poderoso –abrió los ojos y lo miró con expresión risueña–. En los dos.

–Ninguna duda al respecto –convino él.

Ella tenía razón. El Infierno ejercía un efecto poderoso en ambos. Y también creaba una docena de problemas. ¿Cómo le ponía fin a la necesidad física que lo carcomía? Porque cuando Rufio encontrara pruebas de la culpabilidad de Kiley, tendría que acabar con la relación. No podía unirse a una mujer en quien no confiaba. Jamás lo haría. Aunque tampoco representaría un problema. En cuanto ella recobrara la memoria y descubriera el engaño al que la había sometido, apagaría con agua helada cualquier rescoldo que aún pudiera quedar.

Porque se negaba a considerar la posibilidad de que no la recuperara. Y entonces observaría a una mujer con una naturaleza llena de plena generosidad convertirse en una criatura astuta y sinuosa que se ganaba la vida mediante su ingenio y deshonestidad. Tal vez eso le pusiera un fin rápido al Infierno.

Al menos, eso esperaba.

Kiley apenas podía contener el entusiasmo cuando dos días después Nicolo la condujo al jet corporativo de Dantes.

—¿Adónde vamos? —preguntó.

—A la Isla de los Deseos —le respondió.

—Qué nombre tan romántico. ¿Qué hicimos allí?

Tal como cabía esperar, él movió la cabeza.

—Ni lo sueñes. Vamos a relajarnos y a disfrutar. Nada agotador para ti. Esto te brindará la oportunidad de recuperarte del accidente. Además, dispondremos del tiempo y de la intimidad que necesitamos para conocernos mejor.

—También podremos recrear las citas que condujeron a nuestro matrimonio. He de reconocértelo, Nicolo —asintió con comprensión—. Recuperar, conocer, recrear. No muchos son tan hábiles como para matar tres pájaros de un tiro.

—Cuatro, pero ¿quién lleva la cuenta?

Desconcertada, ella ladeó la cabeza.

—¿Cuál es el cuarto?

—Recobrar. Me refiero a la memoria.

—Oh, claro.

Por algún motivo, eso le apagó el ánimo. No lo entendía. Quería recobrar la memoria. Entonces, ¿por qué la intimidaba su simple sugerencia? Parte de ello surgía de la vaga impresión que recibía de Nicolo, como si supiera más de lo que le había contado.

Seguro que cuando fuera el momento propicio y ella pudiera asimilar toda la información, tanto física como emocionalmente, le contaría cualquier secreto oscuro que hubiera podido guardar. Mientras tanto, sin importar lo difícil que le resultara, debería mantener la paciencia y aguardar hasta que él se sintiera cómodo compartiendo esa información.

Durante el vuelo durmió largos períodos en brazos de Nicolo. El resto del tiempo, hablaron, una conversación queda e íntima. Él comentó su pasado mientras se frotaba la palma de la mano con un gesto inconsciente, y le explicó cómo había sido recibido por sus abuelos después del accidente de navegación que se había llevado la vida de sus padres. Habló de Sev y de lo duramente que había trabajado para recuperar la fortuna de la familia.

Le habló de los gemelos... Marco, el seductor apasionado, que había conseguido que su mujer se casara con él haciéndose pasar por su hermano; y Lazz, el solitario analítico.

Y describió a sus abuelos y cómo después de que los tocara el Infierno Nonna había roto el compromiso con otro hombre y emigrado a California con su abuelo, Primo.

Pudo imaginarlo con suma claridad de joven. Sentir su dolor, la determinación de solucionar lo irresoluble, quizá como resultado de ser incapaz de mitigar el dolor de su familia tras el fallecimiento de sus padres.

Sospechaba que experimentaba la misma determinación por solucionar su propio caso. El pensamiento le provocó una sonrisa limpia.

Él la besó.

–Me gusta cuando sonríes –le comentó al terminar.

–Lo dices con renuencia –bromeó–. ¿Temes que lo use contra ti?

–¿Lo harías?

–Sí –le rodeó el cuello con más fuerza–. Si consigo que así me beses otra vez, lo usaría contra ti en todo momento.

Fue a demostrárselo cuando la auxiliar de vuelo apareció para anunciarles que aterrizarían en unos minutos. Kiley soltó a su marido con un suspiro de decepción mientras el avión se escoraba hacia una hermosa isla montañosa que moteaba la superficie de un mar celeste. Aterrizaron en una pista privada y fueron conducidos a una cabaña aislada entre palmeras, con unos escalones que daban a una laguna privada.

La cabaña la dejó sin aliento. Decorada con colores vivos, típicos del Caribe, tenía suelo de bambú y los más modernos artilugios y electrodomésticos posibles.

–¿Cuánto tiempo nos vamos a quedar aquí? –preguntó.

–El tiempo que queramos.

–Sólo he traído un bolso con ropa para pasar la noche.

Él se encogió de hombros.

–No te preocupes. Aquí no llevan ropa –aguardó un segundo antes de reír por su expresión–. Es una broma. Podemos comprar todo lo que necesites.

Ella frunció el ceño.

–Eso parece algo excesivo. Si me lo hubieras dicho, me habría...

–No necesitas mucho. Un par de trajes de baño y un par de vestidos para la noche. Dentro de un rato iremos de compras.

Primero el guardarropa lleno de prendas de marca, luego Dantes Exclusive y en ese momento, eso. Lo observó con expresión atribulada.

–He de hacerte una pregunta y no sé muy bien cómo plantearla.

–Sé directa –sugirió.

–¿Somos... ricos? O, más bien, ¿lo eres tú?

–Sí.

Una franqueza brutal.

–¿Lo... lo era yo?

Él titubeó antes de negar con un gesto de la cabeza.

–No.

Ella asintió aliviada.

–Es lógico. Esto me parece...

El escrutinio de él se intensificó.

–¿Qué?

–Diferente –admitió. Luego su expresión se alegró–. Pero teniendo en cuenta el breve tiempo que nos hemos conocido, quizá eso lo explique. Probablemente, no estoy acostumbrada a un estilo de vida tan lujoso.

Nicolo cruzó los brazos.

–¿Sabes tanto de ti misma a pesar de sufrir amnesia? –inquirió.

La suavidad de la pregunta captó toda la atención de Kiley.

–No se trata de nada que recuerde –se apresuró a explicar–. Sólo es una sensación. Como si estuviera con el paso cambiado o algo así. Como si nada de esto fuera yo.

–¿Como si no fueras tú? –movió la cabeza–. Pareces funcionar con un malentendido que debo aclararte. No tenías mucho dinero, pero disfrutabas plenamente de lo mejor que podía ofrecerte la vida.

Ella no logró ocultar su sorpresa.

–¿Sí?

–Ropa y accesorios de marca. Hoteles de cinco estrellas –le tomó las manos y las giró para que ella pudiera ver las uñas pintadas–. Manicura y pedicura profesionales. Una estilista experta. Todo eso formaba parte de tu estilo de vida cuando nos conocimos.

Por algún motivo, esas palabras impactaron como un golpe corporal.

–No lo sabía –ni tampoco le gustaba oír la verdad. No estaba bien. Era poco atractiva. Superficial. Se preguntó si antes había sido esa clase de persona–. Si era tan superficial, ¿por qué te sentiste atraído por mí? –quiso saber, atribulada–. ¿Por qué te casaste conmigo?

Entrelazó los dedos con los de Kiley hasta que las palmas de las manos quedaron unidas. Ella pudo sentir el calor del Infierno crecer en ese punto, fundiéndolos.

–Ha sido así desde el principio.

Dios. Lo miró angustiada.

–¿Es físico? ¿Toda nuestra relación se basa en este Infierno que sentimos el uno por el otro? ¿Eso es todo?

–¿Te gustaría que hubiera más?

–¡Por supuesto! –indagó en la expresión de él–. ¿A ti no?

–Mis abuelos llevan casados cinco décadas y media. Soy bien consciente de que en un matrimonio tiene que haber algo más que la atracción física. Pero eso requiere tiempo para crecer.

–¿Cómo vamos a construirlo si no sé nada de mi pasado? –protestó cada vez más inquieta–. ¿Cómo encontramos un terreno común si no sé nada sobre mi historia o experiencias?

–Empezamos con esto...

La tomó en brazos y le saqueó la boca con un beso que desterró todo pensamiento de su cabeza. El calor creció en un torrente desbocado de necesidad que la ruborizó desde las mejillas hasta los pechos antes de asentarse en su mismo núcleo. Nicolo le invadió la boca, provocándola hasta que ya no fue capaz de aguantar más.

Ella ahondó el beso hasta que fue el turno de él de arder. Kiley le sacó la camisa de los pantalones y metió las manos por debajo de la tela. En el instante en que tocó la piel, fue despacio, trazando un sendero caprichoso por su torso mientras recogía todo el calor en las palmas. Y luego bajó, por los abdominales rocosos hasta el cinturón que le impedía una exploración más íntima. Se conformó con perfilar el enorme bulto que encontró allí, coronándolo como en una ocasión la coronara él. En el último instante, Nicolo le retiró las manos.

–Empezamos con esto, lo físico –expuso a duras penas–. Y construimos sobre ello. Juntos.

Ella se hundió contra su pecho y asintió. Qué palabra tan maravillosa.

–Juntos –susurró.

Él hizo un esfuerzo visible por recobrar el aliento.

–Y lo primero que haremos juntos será comprar la ropa que necesitarás para tu estancia en la isla.

Kiley frunció la nariz.

–No era la unión que tenía en mente.

–Tampoco yo –sus ojos reflejaron un humor irónico–. Pero tendrá que bastar hasta...

–¿Hasta cuándo? –se adelantó con ansiedad.

Nunca había visto a Nicolo con sentimientos tan encontrados.

–Hasta que recuperes la memoria. Hasta que puedas tomar una decisión informada.

El frío remplazó el calor que había sentido apenas unos momentos atrás. ¿Una elección informada? ¿Qué significaba eso? Y lo que era más importante... ¿Qué había sucedido entre ellos que lo impulsaba a establecer ese tipo de condición en la relación que mantenían? ¿Qué había sucedido el día de su accidente que ya no recordaba? Al despertar en el hospital, Nicolo le había contado que se habían peleado momentos antes de que la atropellara el taxi. Fuera cual fuere la causa de la discusión, había sido lo bastante seria como para mandarla directamente delante del vehículo. Y lo bastante seria como para que su marido no quisiera hacerle el amor hasta que recordara.

¿Sería tan importante como para acabar con el matrimonio?

****

80

Kiley entró en el restaurante Ambrosia sintiéndose más incómoda de lo que era capaz de recordar. Sonrió con ironía. No es que dispusiera de mucha base de comparación.

Al menos sus hematomas ya no resultaban visibles y lo agradeció, puesto que con el vestido que Nicolo le había comprado habrían resaltado como un letrero de neón. Pasó una mano por el vestido verde pálido que le moldeaba la cintura, las caderas y los muslos antes de abrirse en la corta falda, y luchó por mostrarse serena y segura. Le costó toda su fuerza de voluntad no subirse el corpiño sin tiras, que revelaba más que ocultaba.

Le preocupó otra posibilidad, más inquietante que cualquier otra. Quizá en un principio la había elegido porque encajaba en el mundo de él, algo que ya no era verdad. Sin el recuerdo de todos los pequeños acontecimientos que la habían llevado a convertirse en la persona con la que Nicolo se había casado, sólo podía basar sus acciones en lo que consideraba correcto. Y aunque le partía el corazón reconocerlo, el vestido que lucía en ese momento le resultaba completamente erróneo. Sin importar cuánto se esforzara por encajar, no podía.

Desde el momento en que despertó en la cama del hospital y fue reclamada por su marido, se había visto obligada a depender de su instinto. Y éste le decía que no se parecía en nada a la mujer reluciente que él había montado para esa cena con una sofisticada pareja millonaria. Quizá eso hubiera sido cierto en algún momento del pasado. Pero ya no. No a menos que recobrara la memoria y perdiera ese yo nuevo. Si esa versión de Kiley no era lo bastante buena para Nicolo, albergaba la terrible sensación de que la relación estaba condenada antes siquiera de que hubiera llegado a nacer.

En ese momento apareció el maître y los condujo a una mesa reservada e íntima a la que, minutos más tarde, se presentaron Joc Arnaud y su esposa, Rosalyn.

Ésta resultó ser pelirroja como ella, aunque su cabello era de una tonalidad profunda y más próxima al castaño que el color brillante de Kiley. Y el azar quiso que Joc tuviera el pelo oscuro como Nicolo.

Las similitudes terminaban ahí, desde luego. Rosalyn poseía la estatura y las curvas que a Kiley le faltaban y cruzó el comedor con un andar elástico que proclamaba que se hallaba tan a gusto en un rancho ganadero de Texas como en un salón de baile. Alargó la mano con igual franqueza.

—Soy Rosalyn Arnaud —anunció—. Encantada de conocerte. Te presento a mi marido, Joc.

—Kiley O... Dante. Lo siento —rió mientras todos se estrechaban las manos—. Supongo que aún me estoy acostumbrando a mi apellido.

—Nicolo nos contó lo de tu accidente —Rosalyn ocupó la silla que Joc le apartó y apoyó la mano sobre la de Kiley, apretándosela con gentileza—. Siento de veras que estés pasando por un momento tan difícil.

—Los médicos dicen que puedo recuperar la memoria en cualquier momento.

—Mientras tanto, debe de ser muy arduo asimilarlo todo. Seguro que te sientes dependiente y vulnerable.

—Es exactamente como me siento —confesó Kiley—. No sé qué haría si no fuera por Nicolo.

—Cierto —Rosalyn lo miró y le sonrió con dulzura—. Al menos tienes un marido que te ama y sólo piensa en tu bienestar e interés. Alguien en quien puedes confiar que te proteja.

Joc aceptó el menú del camarero y se lo entregó a su esposa.

–Aquí tienes, pelirroja. A ver en qué problemas te metes leyéndolo.

Rosalyn le sonrió a Kiley y se inclinó hacia ella.

–Eso significa «guarda silencio» –susurró con voz que todos los presentes a la mesa pudieron oír–. Pero nunca le hago caso.

Kiley rió.

–¿Cómo os conocisteis? –preguntó, intrigada por las inconfundibles diferencias de actitud y refinamiento que había entre marido y mujer.

–Joc envió a unos matones a mi rancho en un vano intento por comprarlo. Yo tomé por asalto su ciudadela y le expliqué por qué eso jamás iba a suceder.

–¿Y entonces?

–Entonces me secuestró y...

–Bajo ningún concepto hice eso –arguyó Joc–. Presenté una oferta que tú aceptaste con impresionante celeridad.

–... y me trajo aquí y se dedicó a seducirme –Rosalyn tomó un colín–. En realidad, fue muy agradable.

–¿Venir aquí o que te sedujera? –quiso saber Kiley.

Todos rieron y Rosalyn le dedicó una mirada de manifiesta aprobación.

–Como el resultado fue nuestro hijo, Joshua, tendría que decir que eso desnivela muy levemente la balanza hacia la seducción. ¿Y tú?

–Oh, yo también espero una gran seducción –aguardó que la risa muriera antes de preguntar–: ¿Cuántos años tiene vuestro hijo?

–Todavía no ha cumplido el año y ya camina –indicó Joc–. Por eso hemos llegado tarde. Necesitábamos acostarlo y él no tenía mucha prisa. Luego tuve que convencer a Rosalyn de que se pusiera algo elegante.

–Si por mí fuera, viviría enfundada en vaqueros –confesó.

–¿No...? –Kiley calló, buscando una manera más diplomática de plantear su pregunta–. Di por hecho...

–¿Que siempre vivimos y nos vestimos de esta manera? –Rosalyn movió la cabeza–. Cariño, si dependiera de mí, nunca en lo que me queda de vida volvería a asistir a una fiesta elegante. Eso es lo que le gusta a Joc, no a mí.

–Me temo que es consecuencia de mi posición –Joc miró a Nicolo–. Y supongo que también de ser un Dante.

Nicolo asintió y no fue hasta entonces cuando Kiley fue consciente de lo callado que había permanecido todo ese tiempo, contento con observar. De observarla a ella, comprendió, al tiempo que se frotaba la palma de la mano en un gesto que con el paso de los días cada vez era más habitual.

–Yo no estoy en el candelero tanto como Sev o los gemelos –concedió él–. Pero me veo obligado a cumplir con mi parte cuando la ocasión lo requiere.

–Dudo de que alguna vez me acostumbre a ello –confesó Kiley–. Ahora mismo soy un manojo de nervios.

Joc frunció el ceño.

–Bueno, eso tiene fácil arreglo –retiró la silla y se puso de pie–. Arreglaré que nos lleven la cena a nuestra casa. Nicolo y tú podéis reuniros con nosotros allí en... ¿veinte minutos? ¿Será tiempo suficiente para que te pongas algo informal? Despediremos a la niñera y nosotros nos relajaremos, cenaremos y beberemos algo de vino. ¿Cómo suena eso?

Antes de que Kiley pudiera intervenir, Nicolo asintió.

–Perfecto, Joc. Gracias por entenderlo.

–No hay nada que entender –aseguró el otro.

Se reunieron veinte minutos después y, a partir de ese momento, Kiley disfrutó de cada segundo de la velada. Al terminar la cena, un chillido exigente sonó desde uno de los dormitorios y unos minutos más tarde Rosalyn apareció con un bebé somnoliento en brazos. A primera vista parecía tener el pelo tan oscuro como el padre, pero cuando los dos se acercaron, Kiley vio que reflejaba un destello de la tonalidad de Rosalyn. También había heredado los ojos de la madre, de un inusual color violeta azulado. Parpadeó un momento ante el grupo allí reunido antes de ofrecer una sonrisa orgullosa que exhibía un par de dientes inferiores.

Kiley no pudo contenerse. Era una experiencia nueva y el destino le ofrecía oportunidades en abundancia.

–¿Puedo? –preguntó–. No recuerdo si alguna vez tuve un bebé en brazos.

Rosalyn se derritió al instante.

–Joshua aún está medio dormido, así que no estoy segura de que se acostumbre a ti. No te ofendas si decide que quiere ir a los brazos de Joc. Es más un niño de su padre que de su madre.

Kiley tomó al bebé en brazos y lo acunó casi sin atreverse a respirar. Joshua parpadeó y la miró, y Kiley supo que estaba sopesando las opciones que tenía: gritar hasta desfallecer o tolerarla. Para su gran alegría, le ofreció el beneficio de la duda.

–Tiene casi un año y todavía huele como un recién nacido –le susurró a Nicolo.

Éste rió entre dientes y se reunió con ella y el pequeño en el sofá, rodeándolos con un brazo.

–Intenta olerlo cuando se descarga en el pañal.

–Amén a eso –dijeron Rosalyn y Joc al unísono.

El resto de la velada transcurrió casi de forma onírica. Kiley se sintió satisfecha y con una renovada sensación de seguridad en sí misma. Se dijo que quizá pudiera sobrellevar eso, en especial si todos los amigos de Nicolo eran tan agradables como los Arnaud. Joshua no tardó en quedarse dormido contra su pecho.

–Crío afortunado –le susurró Nicolo al oído.

–No –repuso ella de igual manera–. Afortunada yo.

Cuando se despidieron, siguieron el sendero iluminado desde la cabaña de los Arnaud hasta la suya, disfrutando de los aromas exóticos que invadían el aire caluroso. Ese paseo le dio tiempo a pensar en dos cosas muy importantes que había averiguado esa noche.

La primera era que podía desempeñar el papel que Nicolo requería de ella con el fin de encajar en su mundo. Y la segunda, que no quería fingir ser otra persona que no fuera ella misma, la «verdadera» mujer que instintivamente reconocía como su verdadero personaje. Sólo le quedaba convencer a su marido de eso. Nicolo abrió la puerta y aguardó a que ella entrara en el interior en penumbra. Ella se detuvo en el vestíbulo y se volvió para mirarlo.

–Ya no puedo continuar con este simulacro –anunció.

Capítulo Seis

Nicolo se quedó paralizado. Las palabras de Kiley provocaron que una amarga decepción colisionara directamente con un cínico triunfo. «Te tengo». No sabía qué la había hecho reaccionar esa noche, pero finalmente iba a reconocer la verdad de quién y qué era.

–¿Qué es lo que no puedes hacer?

Kiley dio un paso en su dirección, movimiento que la sacó de la sombra y la sumergió en un charco de luz de luna.

–No puedo seguir llevando este estilo de vida. Lo siento... erróneo.

Tuvo que reconocer que no era lo que había esperado.

–¿No disfrutaste de la velada?

–La velada... o al menos la segunda parte, fue increíble. Pero no todo lo demás. No los adornos y la fachada que tuve que adoptar –su expresión mostró preocupación–. ¿Es necesario, Nicolo? ¿He de convertirme en la mujer que era antes con el fin de que nuestra relación funcione?

–No –la palabra escapó de su boca antes de poder detenerla–. Puedes ser la clase de mujer que desees.

–¿Y tú seguirás amándome?

La pregunta lo quemó como ácido.

–Mis sentimientos hacia ti no cambiarán.

–¿Aunque yo haya cambiado?

–Dale tiempo, cariño.

Kiley eliminó el espacio que los separaba. Apoyó las manos en su torso y le aferró la camisa.

–No quiero ser la mujer que me describiste antes. ¿Cómo puede gustarme o ganarse mi respeto si por dentro es tan superficial como por fuera? Quiero ser quien soy ahora. ¿Puedes vivir con eso? ¿Podrás aceptarlo?

No era él quien no podría aceptarlo, sino ella. En cuanto recobrara la memoria. Pero, ¿cómo contárselo sin revelarle el resto?

–No es mi decisión –dijo, la voz ronca por el pesar–. Si tu memoria vuelve, serás quien eras antes. Los acontecimientos que hayan podido ocurrir desde entonces quizá alteren algo tu perspectiva. Pero serás la Kiley O'Dell que conocí por primera vez.

Movió la cabeza mientras los ojos se le llenaban de lágrimas.

–Casi puedo oír el avance del reloj. Sólo que en esta versión no sé en qué se convierte Cenicienta al dar la medianoche. Le tengo miedo a esa otra mujer, temo convertirme en alguien que no me guste.

–No entiendo. ¿No quieres recordar?

–Sí. No. El modo en que tú te comportas... –volvió a mover la cabeza–. El modo en que se comporta todo el mundo hace que me pregunte qué no me estás contando. Hasta Rosalyn...

Diablos.

–¿Qué pasa con ella?

–Estaba irritada contigo por algo. Por favor, no lo niegues –añadió antes de que él pudiera hablar–. Sé leer entre líneas. También te oí discutir con Francesca en Dantes Exclusive. No soy idiota, Nicolo. Me estás ocultando algo. ¿Qué?

–Nada.

Entonces las lágrimas cayeron.

–Mientes –susurró, sin intentar esconder su dolor–. Dijiste que justo antes del accidente habíamos tenido una pelea. ¿Estábamos a punto de romper? ¿Es eso? ¿Es lo que no te atreves a contarme? ¿Estás esperando que mi memoria regrese antes de ponerle fin a nuestro matrimonio?

–Discutimos –admitió–. Y es posible que cuando recobres la memoria tú quieras ponerle fin a nuestro matrimonio.

–¿Por qué?

Él movió la cabeza.

–Llámalo diferencias irreconciliables.

–¿Qué sucede si nunca la recupero? –insistió–. Si nunca recuerdo, ¿seguiremos fingiendo que no existe ningún problema? ¿Durante cuánto tiempo?

–La recuperarás –aseveró sin ninguna duda.

–¿Y si no lo hago? –la pregunta sonó más a deseo y plegaria–. ¿Qué pasa, entonces?

–No tengo una respuesta para ti.

–Es la razón por la que en un principio me pusiste en un dormitorio separado. Por la que no hemos hecho el amor. Por la que insistes en que recupere la memoria antes de hacerlo. Porque estábamos al borde del divorcio.

–Fue una discusión, Kiley. Eso es todo.

Ella retrocedió un paso, soltándolo. Los ojos le brillaban como el cristal a la luz de la luna. Despacio, se desabrochó el primer botón de la blusa. Luego el segundo. Y el tercero. La V pronunciada reveló el medallón en forma de corazón.

Fue casi idéntico al primer encuentro en Le Premier, cuando lo había tentado con aquel seductor striptease.

La observó en busca de algún atisbo de lo que podía pasar por su cabeza, pero no vio nada aparte de una intensa determinación.

Terminó de desabotonarse la blusa y se la quitó. Cayó al suelo a su espalda. La apartó con una sandalia antes de soltarse el botón de los vaqueros. Luego le tocó el turno a la cremallera, cuyo sonido quebró el silencio del vestíbulo. Después se los bajó por las caderas estrechas.

Se irguió ante él en sujetador y braguitas. Cuando Nicolo no hizo intento de tocarla, llevó las manos a su espalda, soltándose el sujetador y tirándolo a un lado. Luego las braguitas desaparecieron con la misma sencillez y economía de movimientos que los vaqueros.

La luz de la luna cayó sobre ella, dándole un tono plateado a la piel blanca al tiempo que creaba unas sombras interesantes bajo la leve curva de sus pechos y en el nido de rizos entre la unión de sus muslos. También resaltó una marca de nacimiento en la curva de una cadera, que le recordó a un capullo en flor.

Algunos podrían haber expuesto que tenía una figura de muchacho, pero a él le parecía cualquier cosa menos eso. Los brazos y las piernas estaban esculpidos con unos músculos alargados y con curvas suficientes como para ofrecerle una figura claramente femenina. Los pechos eran pequeños, desde luego, pero también redondos y vivaces, con los pezones formando perlas perfectas que anheló probar. Tenía unos tobillos y unas muñecas de una delicadeza suprema. Sin embargo, toda ella era una mujer indomable, decidida a enloquecerlo.

El Infierno despertó con un bramido que lo consumió con codicia y lo llenó de un apetito insaciable. En ese instante no le importó quién hubiera sido Kiley con anterioridad. Lo único que importaba era el momento. Eran el uno para el otro y se negaba a seguir desoyendo esa verdad. Ya se ocuparía de las consecuencias de sus actos cuando ella recobrara la memoria. Mientras tanto, tomaría lo que con tanta generosidad le ofrecía. Lo tomaría con condenada gratitud, porque cuando recobrara el sentido, Kiley se lo haría pagar.

Y bien.

Con una zancada llegó a su lado y la tomó en brazos.

—Espero que sepas lo que haces —le dijo él.

Kiley le rodeó el cuello con fuerza.

—Ni una pizca. Y no es que me importe.

—Te lo recordaré más adelante.

—No lo olvidaré —su expresión se intensificó—. Esta vez no.

Con el hombro abrió la puerta del dormitorio y la depositó sobre la cama. Sin perder el tiempo, se quitó la ropa y se reunió con ella. Y entonces hizo una pausa y se permitió disfrutar del momento.

Apenas podía distinguir un color en la penumbra.

—¿La luz? —preguntó, recordando lo mucho que ella odiaba la oscuridad.

—No es necesario —le enmarcó la cara entre las manos y alzó la suya para que las bocas encajaran—. Ya no.

Se abrazó a ella, al fin en casa.

–¿Estás segura? –murmuró entre una serie de prolongados y embriagadores besos.

–Decididamente.

–¿No te arrepentirás por la mañana?

–Nunca.

La sonrisa de Nicolo reflejó muy poco humor.

–No estés tan segura de eso.

–Supongo que tampoco piensas explicarme ese comentario.

–No –perdió las manos en su melena–. Pero hay una cosa que quiero que sepas y que creas.

Ella echó la cabeza hacia atrás con el fin de ofrecerle mejor acceso a su cuello.

–¿Qué?

Él sintió los latidos de su corazón con la yema de los dedos en su garganta antes de seguir el mismo sendero con la lengua.

–Fue así entre nosotros desde el primer momento en que nos conocimos. Te deseé nada más verte.

–¿El sentimiento fue mutuo?

–Tú ya conoces la respuesta.

Ella sonrió con expresión llena de misterio y encanto.

–Reaccioné de la misma manera que lo hice en el hospital –aseveró.

–Sí.

–Puede que no tenga memoria –murmuró–. Pero te conozco. Conozco tu contacto y tu olor. Conozco el sonido de tu corazón y cómo se refleja en el mío. Sé que naciste para ser mío, igual que yo tuya.

Él movió la cabeza.

–Kiley...

Lo calló alzando los dedos.

–Hablo en serio, Nicolo. En un plano primario te recuerdo. Es como si te hubieras grabado en mi cuerpo y mi alma. ¿No podemos empezar de nuevo, como si aquella pelea jamás hubiera tenido lugar?

Él cerró los ojos.

–A la larga, eso no cambiará nada. No cuando recobres la memoria.

Se movió, abriéndose a él.

–Estoy dispuesta a correr el riesgo.

Su última resistencia se desvaneció. Descendió sobre ella y las pieles se quemaron. Curvas y ángulos chocaron antes de adaptarse. Ella era tan suave... Le costó lo indecible no enterrarse en esa suavidad. Y entonces tuvo una ocurrencia súbita.

Si la pérdida de su memoria era real... Si no podía recordar nada de su vida anterior, entonces tampoco recordaba haber hecho el amor con él. Para ella sería una experiencia nueva. Y aunque en algún momento recobrara la memoria, posiblemente esa noche tendría un significado especial para Kiley. Entonces, ¿cómo no hacer que fuera lo más única posible?

Aminoró el ritmo y le tomó la boca con besos pausados y hondos, sin dejar de acariciarla suavemente en todo momento.

–¿Fue así la primera vez que estuvimos juntos? –se maravilló Kiley en un momento.

No podía mentirle. No en eso ni cuando se hallaban inmersos en un instante tan íntimo en el que ambos se habían desnudado hasta su propia esencia.

–Esto no se parece a ninguna otra ocasión. Es nuevo para los dos.

–Me alegro. Quiero que sea diferente. Especial.

Y lo sería. Nicolo se ocuparía de ello. Le coronó los pechos, tan seductores y perfectos como el resto de Kiley, y lamió las cumbres sensibles. Ella se arqueó, pegándose más profundamente contra la boca. Le mordisqueó los pezones duros y oyó el leve grito de placer que le provocó. Y luego le atormentó el otro seno, sintiendo el palpitar de su corazón contra la mejilla.

Lo embargó la necesidad de probarla más, y bajó, besándole el vientre y la marca de nacimiento en la cadera antes de encontrar la mata densa de rizos que ocultaban su corazón. Separó los pliegues delicados y le brindó la liberación por la que lloraba su cuerpo. Las caderas de ella fueron al encuentro del beso, los muslos tensos y trémulos mientras oscilaba al borde del abismo. Con delicadeza, la empujó, y ella gimió, toda calor y placer líquidos.

–Aún no hemos terminado –le advirtió–. Bajo ningún concepto.

–No quiero que esto se termine jamás –cerró las manos en su pelo y tiró de él haciendo que se deslizara por encima de su cuerpo–. Quiero que esta noche dure para siempre.

Era tan hermosa a la luz plateada de su clímax…

–No está en mi poder conseguirlo –le acarició las facciones una a una hasta terminar en la sonrisa ladeada–. Pero el recuerdo de esta noche sí que durará para siempre.

La sonrisa de Kiley se desvaneció.

–¿Y si vuelvo a olvidar?

La miró con ternura.

–Entonces, yo lo recordaré para ti.

Las lágrimas se asomaron a sus ojos.

–Eso me gustaría.

Nicolo comenzó otra vez, construyendo sobre lo que había acontecido antes. La reacción de Kiley a él fue más rápida esa vez, más natural y fluida. Y respondió de formas que amenazaron con volverlo literalmente loco.

Las manos veloces e inteligentes de ella lo acariciaron y sostuvieron antes de retirarse para provocar una sensación nueva. Y se movió con una gracia sensual que lo desbordó de deseo. Se deslizó por su cuerpo como la seda, coronándolo, explorándolo, y cuando terminó, llegó a conocerlo hasta el último centímetro. Aunque eso era algo recíproco.

Y al final la exploración acabó en el descubrimiento definitivo. Poniéndose protección con celeridad, le separó los muslos y la penetró hasta lo más hondo. Ella lo abrazó como si jamás quisiera dejarlo ir. Y entonces se meció hacia arriba, acoplándose con él a un ritmo tan antiguo como la humanidad.

–No, aún no –dijo ella temblando.

–Vamos, Kiley. Salta conmigo.

Sus miradas se clavaron en el otro, la de ella tan confiada que Nicolo supo que esa expresión siempre lo obsesionaría. Le sujetó la cabeza al embestirla y observó cómo levantaba el vuelo. Y él la acompañó, perdiéndose, en ese momento de definitiva consumación, en su calor y su calidez. Perdiéndose en cuerpo y alma.

–¿Cómo he podido olvidar esto? –susurró ella en la oscuridad–. ¿Cómo es posible que algo tan...?

–¿Perfecto? –la palabra escapó sin pensamiento previo.

–Sí. Perfecto –guardó silencio largo rato, y luego agregó–: Pensé que cuando hiciéramos el amor recordaría. Que su fuerza me traería el pasado.

No pudo evitar quedarse helado.

–¿Y lo ha hecho?

–No. Sólo tengo un recuerdo de nosotros juntos. Todas las otras veces... –movió la mano en el aire–. Desvanecidas.

La voz se le quebró y se acurrucó contra él; sus lágrimas le mojaron la piel. Lo único que podía hacer era abrazarla mientras lloraba y dejar que la culpa lo carcomiera. Ya no podía dudar de ella, al menos no acerca de la amnesia. Fuera lo que fuere lo que Kiley hubiera sido antes, se encontraba atrapado en los oscuros rincones de su mente, quizá para siempre.

Entonces, ¿hacia dónde irían los dos a partir de ese momento? La había asumido como su responsabilidad, la había reclamado como suya.

Peor aún, se había aprovechado de su vulnerabilidad. Si ella había sido una timadora, ¿en qué lo convertía eso a él?

Cerró los ojos. Hasta ese momento podía justificar sus actos. Podía afirmar que obraba por el bien de la familia. Pero lo hecho esa noche sólo había sido por su propio bien. Ni siquiera podía achacárselo al Infierno, afirmar que terminar ambos en la cama era inevitable. Pero al menos había dado ese paso con la plena comprensión y percepción de la situación.

Kiley no. Lo triste era que creía que estaban casados, que al entregarse a él, había sido como marido y mujer. La abrazó y le dio un beso en la cabeza. Ella murmuró algo somnolienta y se acurrucó más contra él. Nicolo no albergó duda alguna acerca de lo que sucedería como resultado de sus actos de esa noche, en particular si su «esposa» recobraba pronto la memoria.

Iría directamente al infierno.

–¿Qué es lo que tramas, Nicolo Dante? –Kiley miró a su marido con las manos en las caderas. No es que pudiera intimidar mucho, algo imposible vestida con un biquini minúsculo, su decoro apenas preservado por un tenue pareo de motivos florales que se había pasado en torno a la cintura–. Todo tu cuerpo irradia la palabra «secreto».

–Un pequeño cambio de planes.

–¿Vamos a recrear otra cita? –preguntó, incapaz de ocultar una leve desilusión.

Él movió la cabeza.

–Como la única vez que lo intentamos terminaste llorando, preferiría que no lo hiciéramos. Así que he decidido intentar otra cosa. Me diste la idea anoche, cuando tenías a Joshua en brazos.

Lo miró desconcertada.

–¿Sí?

–Sí –le ajustó el sombrero para que la piel pálida del rostro permaneciera protegida de los rayos del sol–. Comentaste que sostener a un bebé era una experiencia nueva para ti. Así que he decidido darte algunas experiencias nuevas más. Te esperan en la playa.

La condujo hacia la laguna que había en el exterior de la cabaña y ella se detuvo asombrada en mitad de la arena. Bajo una tienda de lona se había montado una mesa enorme llena de comida, bebidas e incluso flores.

–¿Qué es todo esto? –preguntó desconcertada.

–Recuerdos nuevos –señaló la mesa–. Vamos a empezar con entrantes y a terminar con el postre. Hay un poco de todo.

–¿Y las flores? –inquirió al rato.

–Pedí que trajeran todas las variedades que tuvieran. Tú decides las que más te gustan.

–Oh, Nicolo, eres tan considerado…

Le rodeó el cuello con los brazos y alzó la boca hacia la suya. Él se tomó su tiempo con el beso, pero antes de que la pasión alcanzara las cotas de la noche anterior, la tomó de la mano y la llevó hacia la tienda. Una vez dentro, Nicolo observó los distintos arreglos florales y eligió una planta que ella no habría esperado.

–¿Madreselva? –preguntó–. ¿Te he hecho pensar en una madreselva?

Nicolo titubeó.

–Uno de mis primeros recuerdos es pasear por el jardín de mi abuelo. Había una hermosa madreselva creciendo en una de las vallas. Yo no podía tener más de tres años, pero la fragancia me atrajo. Fue indescriptible. Creo que ese perfume me embriagó.

Ella se inclinó e inhaló la delicada dulzura.

–Es maravilloso.

–Fue mi primera flor, mi primer recuerdo de una. Mi primer aroma floral.

–Es tu favorita, ¿verdad? Por eso la estás compartiendo conmigo.

–Sí –le apartó un bucle rebelde por la implacable humedad y se lo colocó detrás de la oreja, luego lo fijó con la rama de madreselva.

Ella le dedicó una mirada coqueta por debajo del ala del sombrero. En respuesta, el calor cobró vida en los ojos de Nicolo.

–¿Te apetece que nos lancemos a esa mesa de recuerdos nuevos?

El resto del día fue una pura delicia y un inagotable placer sensual. No sólo fueron la comida, la bebida o las flores, sino con quién los compartía. Nicolo. Quien un momento la hacía reír y al siguiente la hacía llorar con sus conmovedoras historias familiares. Nicolo, quien con una simple sonrisa hacía que su vida fuera dorada.

Y así, cuando el sol descendió y las sombras se alargaron, fue a sus brazos.

–Gracias por un día tan maravilloso –le dijo.

Alzó los labios hacia la boca de él con el fin de probar el postre más dulce de todos. Eso ponía el último toque al tiempo compartido. Eso hacía que fuera perfecto. La reacción de Nicolo fue instantánea. La pegó estrechamente a él y la rodeó con los brazos con fuerza. La noche anterior había empleado esas mismas manos, esa fuerza y gentileza, para enloquecerla de deseo.

Le pilló el labio inferior entre los dientes y tiró. Con un gemido, abrió la boca y Kiley entró en esa calidez exuberante. Se ahogó en la sensación y en él.

–Por favor, Nicolo –susurró sobre su boca–. Después de todo lo nuevo, necesito algo viejo. No demasiado viejo –se apresuró a añadir–. Sólo un poco. Levemente repetitivo.

–¿De una antigüedad de una noche? –sugirió él con una risita.

–Sí. Eso será lo idóneo.

Sin decir una palabra, la guió hacia la cabaña y entraron tomados de la mano en el interior en penumbra. Una a una se fueron quitando las prendas, dejando un reguero de color desde la entrada hasta el dormitorio. En esa ocasión el acto amoroso tuvo una cualidad distinta. Hubo menos desesperación. «No», pensó ella con un gemido ahogado. Aún se sentía desesperada, de la mejor manera posible. Pero había menos incertidumbre. Sabía mejor qué hacer y cómo hacerlo. Y llevó dicho conocimiento a la práctica.

Donde antes había sido Nicolo quien había marcado las pautas y el ritmo, en esa ocasión ella tomó la iniciativa. Con cada caricia su seguridad aumentaba, al igual que su creatividad. Y entonces la determinación se disolvió ante la indefensa pasión. Dejó de haber seguidor y líder y sólo estuvieron ellos dos, perdidos el uno en el otro, ahogándose en las sensaciones gloriosas. Regocijándose en el tacto y en la posesión.

Lo recibió, dura y profundamente, se movió con él buscando ese momento, ese momento dulce en que se produciría la unión, cuando los dos se convertirían en uno. Y al fin se produjo, un torbellino incontrolable que rompió sobre ella y la arrastró al vacío. Y mientras caía, impotente ante la enormidad que la envolvía, comprendió que acababa de experimentar algo nuevo, nuevo e infinitamente preciado.

Acababa de descubrir cómo amar.

Capítulo Siete

Terminaron pasando cinco deliciosos días y noches más en Deseos; momentos brillantes y luminosos que ella atesoró en su corazón. Aunque el plan original había sido replicar las citas que habían disfrutado hasta llegar a la boda en la isla, citas que Kiley aún no era capaz de recordar, prefirió el cambio de plan de Nicolo. En vez de repetir lo antiguo, había llenado el tiempo juntos con un torrente inagotable de sensaciones y recuerdos nuevos que siempre valoraría.

En el viaje de regreso a San Francisco, rieron comentando los mejores momentos del viaje al tiempo que intercambiaban besos lentos y profundos.

Cuando aterrizaron, subieron a un taxi que los dejó delante de la casa de Nicolo. Él bajó el equipaje que habían comprado en la isla al porche amplio y circular y lo dejó junto a la puerta antes de volverse para dirigirse a Kiley.

–Mis abuelos trajeron a Brutus a primera hora de la mañana. Lo que significa que va a necesitar que lo saquen. Tiene un patio vallado en la parte de atrás, pero eso no le brinda el espacio necesario que requiere para ejercitarse –le dedicó una mirada de advertencia–. Quizá quieras apartarte. Es factible que se muestre un poco exuberante.

Kiley decidió decantarse por lo más inteligente y esperar en la acera mientras Nicolo se ocupaba del enorme animal. En cuanto introdujo la llave pudo sentir los primeros temblores del terremoto que indicaban la aproximación del perro. Le divirtió que, en vez de saludar a Nicolo con el ritual habitual de su unión, Brutus pasara de largo ante él y fuera directamente hacia ella. Entre las quijadas impresionantes llevaba una maltrecha pelota de tenis.

Kiley lo saludó acariciándolo detrás de las orejas y recogiendo la pelota que había dejado a sus pies.

–¿Quieres jugar? –preguntó.

Brutus se puso a dar vueltas y a ladrar de felicidad. Luego, para horror de Kiley, saltó a la calle. A su espalda oyó el grito de advertencia de Nicolo, reflejo del suyo propio. Vio al perro titubear confundido, dejarse caer en la postura de esfinge y quedarse perfectamente quieto.

Entonces los acontecimientos parecieron desarrollarse a cámara lenta.

Kiley giró la cabeza hacia la izquierda y vio un enorme todoterreno ir hacia el perro inmóvil. Sin pensárselo, corrió hacia la calle y agarró a Brutus por el collar. Pero incluso al hacerlo, supo que había llegado demasiado tarde. No tenía la fuerza necesaria para arrastrar al animal fuera de peligro antes de que el vehículo los golpeara.

Oyó un claxon ensordecedor y un chirrido enfermizo de frenos. Actuó por puro instinto al arrojarse ante Brutus en un ridículo intento de protegerlo, aunque apenas lograba cubrir la mitad del animal. Luego se preparó para el impacto inevitable que iba a producirse.

La bocina y los frenos continuaron con su interminable aullido de advertencia y durante un momento fugaz algo centelleó en su mente. Un recuerdo. Un recuerdo que le provocó tal dolor y pánico que todo su ser reculó. En esa fracción de segundo no se hallaba delante de la casa de Nicolo, sino en otra calle, donde algo de un amarillo brillante y guardabarros azules avanzaba hacia ella. Antes de poder comprender por completo esa imagen, se desvaneció, junto con todos los vestigios de ese otro tiempo y lugar, de esa otra Kiley.

El todoterreno logró detenerse a pocos centímetros de donde ella tenía enterrada la cara en el pelaje tupido de Brutus. Pudo sentir el calor del motor cerca de su oreja y oler el hedor del aceite y del radiador que le taponó los pulmones y le imposibilitó respirar.

Apenas oyó el grito de furia y preocupación del conductor. Apenas oyó la respuesta de Nicolo antes de que el hombre se marchara de allí con otro bocinazo que la dejó temblando. Apenas oyó el gemido de Brutus al igual que la voz de Nicolo desde algún punto encima de ella.

No podía moverse. No podía procesar los pensamientos ni el consuelo que Nicolo le ofrecía con voz amable y gentil. Ni siquiera creyó que pudiera sentir, hasta que Brutus le lamió las lágrimas de la cara y Nicolo la alzó de la posición tumbada que todavía mantenía. Luego sintió demasiado. Con un grito silencioso, se deshizo contra su marido y se puso a llorar de forma descontrolada.

–Tranquila, cariño. Estás bien. Ya estás bien.

–¿Y Bru... Brutus? –los dientes le castañeteaban con tanta fuerza que casi no podía hablar.

–Está bien –un chasquido de sus dedos hizo que

el perro corriera hacia el porche con el rabo entre las piernas. Él lo siguió llevándola en brazos como si fuera de porcelana muy delicada–. ¿En qué diablos pensabas al saltar a la calle de esa manera?

Sonaba furioso, pero incluso tal como se encontraba Kiley, comprendió que ese enfado surgía del miedo.

Se hundió contra él.

–No pensaba. Ni siquiera un poco. Simplemente... reaccioné.

–Es obvio. ¿De verdad creías que podrías proteger a Brutus interponiéndote entre él y un vehículo de dos toneladas?

Se obligó a esbozar una sonrisa acuosa.

–¿Es que todavía no lo has descubierto? Soy indestructible.

–No bromees –soltó con voz tensa y seca–. Te podrían haber matado. Otra vez.

–Pero no sucedió. Otra vez.

Le dio un beso en el cuello y sintió que la necesidad y el deseo la mareaban. Se preguntó cómo podía ser posible después de lo que acababa de suceder.

Nicolo la bajó el tiempo suficiente para meter las maletas por la puerta antes de cerrarla a su espalda. Luego volvió a alzarla en vilo, concentrado en llevarla al dormitorio. Logró dar un paso antes de caer al suelo en un enredo de brazos, piernas, equipaje y perro.

–Diablos –la abrazó con mucha fuerza–. Maldita sea, Kiley. Pensé que te había perdido.

–Lo siento –soltó de forma casi incoherente–. Simplemente, reaccioné. Sólo pude pensar en salvar a Brutus. Estoy bien. Los dos estamos bien.

–Dos veces –bajó la cabeza y le arrebató media docena de besos urgentes–. Ya van dos veces que te veo a esto de morir. Y las dos me fue imposible llegar hasta ti antes...

–Estoy bien. Estoy a salvo –agarró el collar de Brutus e incorporó al perro a su círculo–. Y también él.

Comprendió que era hora de encarar los hechos. No conocía a la mujer que había visto aquel día en Le Premier. Pero quienquiera que fuera, no se parecía en nada a la Kiley que tenía en brazos. Aquella mujer no habría arriesgado sus manos perfectamente cuidadas por salvar a su perro. Aquella mujer no habría disfrutado con la fragancia de una rama de madreselva ni se habría deleitado con la experiencia de sostener a un bebé dormido en brazos. Aquella versión de Kiley había desaparecido y sólo podía dar gracias al cielo por ello.

–Brutus, al patio –ordenó. A pesar de lo mucho que adoraba a su perro, en ese momento necesitaba a su esposa.

«No. No es mi esposa».

Al menos, aún no lo era.

Le enmarcó la cara con las manos y le cubrió la boca con otro beso. El destino había sido amable con ambos, los había protegido no sólo una, sino dos veces. Él se encargaría de que no hubiera un tercer incidente. Sin importar lo que hiciera falta, la protegería de lo impulsiva que era.

Al contacto, Kiley se abrió y le dio la bienvenida. Se entregó a él. Nicolo se perdió en la necesidad desesperada de tenerla.

–Ahora. Te deseo aquí y ahora.

–Aguarda –dijo ella cuando él no le permitió echarse para atrás. La risa que soltó estuvo llena de felicidad, deseo y el simple disfrute de la vida–. No me voy a ninguna parte. Puedes tenerme donde y como quieras.

–Aquí. Ahora. Desnuda.

La risa de ella se apagó a medida que los ojos se encendían.

–En ese caso...

Se echó para atrás y en esa ocasión Nicolo no se lo impidió. Agarrando el bajo de su camisa, se la quitó por la cabeza. Él no esperó a que se desprendiera del sujetador. Su paciencia tenía un límite... de apenas unos pocos segundos. Con un movimiento de los dedos hábil y rápido, abrió y apartó la prenda de seda.

Ella se quedó expectante mientras Nicolo la desnudaba. Cuando concluyó, quedó jadeante en el suelo de madera, la piel bañada por el sol dorado y el cabello convertido en una maraña de llamas. Él se ocupó de sus propios vaqueros y la tomó con rapidez e intensidad, hundiéndose en ella con una embestida poderosa mientras el grito de éxtasis de Kiley reverberaba en el recibidor.

Había estado a punto de perderla. Quizá nunca hubiera podido volver a abrazarla. Besarla. Hacerle el amor. Ese simple pensamiento lo volvía loco, lo embargaba con un frenesí que nunca antes había experimentado. Jamás había estado tan desesperado por una mujer. Nunca había sentido un deseo que lo impulsara a olvidar el lugar y el momento.

Hasta que conoció a Kiley.

–No pares –ordenó ella. Se aferró a él con fuerza

hasta que fueron un único cuerpo en movimiento sincronizado–. No me sueltes jamás.

–Jamás. Te juro que voy a encerrarte en un sitio donde nadie pueda volver a hacerte daño.

Ella se arqueó y de su garganta escapó un grito. Se entregó completamente a su posesión, dándole todo sin reservarse nada. Sin titubeos ni subterfugios. Para que él la aceptara o la rechazara, más abierta y sincera que lo que Nicolo creía posible en una mujer.

Los ojos de ella, de una cegadora tonalidad verde, ardieron con una emoción tan poderosa que dolía mirarla. Y mientras la tomaba, mientras la lanzaba a un orgasmo interminable, comprendió que era amor lo que veía en esos ojos. Un compromiso del alma. Y con ese conocimiento cayó al abismo con Kiley, perdido en un momento que jamás debería haber acontecido.

Pasó largo rato hasta que pudo volver a moverse. Cuando lo hizo, se dio cuenta de que nada había cambiado. Había cometido un crimen más allá de toda posible redención, y ella... Cerró los ojos, devastado. Kiley se había enamorado de él. Con gentileza, la alzó en brazos y la llevó al dormitorio, mientras dos preguntas lo atormentaban.

¿Qué diablos había hecho... y cómo podía arreglarlo?

Despertó a la mañana siguiente, deliciosamente dolorida y absolutamente renovada. En la almohada a su lado, encontró una nota de Nicolo donde le informaba de que estaría todo el día en el trabajo. Debajo de la primera había una segunda nota. Las pocas frases que la llenaban no dejaban ninguna duda sobre los sentimientos de él acerca de la noche anterior e hicieron que se ruborizara.

Sonrió como una boba.

Levantándose de la cama, inició la mañana con tareas domésticas. Y a medida que el reloj se acercaba al mediodía, decidió sorprender a su marido con un almuerzo. Durante el tiempo que llevaban juntos, se había hecho una idea de sus gustos y tomó la decisión de prepararle una comida con los platos que prefería, desde el pollo al Marsala hasta la panzanella y de postre unos pistachos recubiertos con chocolate negro, todo al alcance de la mano con una simple llamada de teléfono.

Una vez que tuvo todo, lo distribuyó en una cesta que encontró en un armario encima de la nevera cuyo lado decoró con una rama de madreselva que halló en el patio de atrás.

Luego llamó a un taxi y se sintió aliviada al descubrir que el conductor conocía el emplazamiento de Dantes.

La dejó delante de un edificio impresionante al que entró por unas puertas giratorias. Una vez dentro, se detuvo, mirando maravillada el recibidor de tres plantas. Se tomó su tiempo admirando la decoración elegante, desde la luz que se filtraba por los cristales tintados hasta la imponente escultura de cristal de llamas danzarinas que colgaba sobre el mostrador del recepcionista.

Iba a dirigirse hacia la recepción cuando se le acercó un hombre mayor con una tupida mata de pelo blanco.

—Por favor, discúlpame —dijo con una voz profunda que revelaba la cantarina cadencia de la herencia mediterránea—. ¿Eres Kiley O'Dell?

Ella le sonrió con calidez.

—En realidad, es Kiley Dante.

—Sí, desde luego —la estudió con mirada profunda pero amable al mismo tiempo—. Creo, querida, que ya es hora de que nos conociéramos. Me llamo Primo Dante.

La sonrisa se amplió y lo miró encantada.

—Eres el abuelo de Nicolo. Me lo contó todo sobre vosotros y cómo los criasteis a sus hermanos y a él.

—Nicolo, Severo y los gemelos. Sí, Nonna y yo nos ocupamos de ellos tras la muerte de nuestro hijo, Dominic, y su esposa, Laura —le tomó la mano y se inclinó para darle un beso en cada mejilla—. ¿Vas a visitar a Nicolo?

Ella indicó la cesta que portaba.

—Pensé que disfrutaría del almuerzo.

Los dedos nudosos de Primo tocaron la rama de madreselva que decoraba el asa.

—¿Y qué le has traído? —escuchó con atención mientras le enumeraba la ecléctica elección—. Parece que conoces bastante bien los gustos de mi nieto. ¿Y para ti? ¿No has traído nada para ti?

Ella se mostró momentáneamente consternada.

—Pudín de tapioca —reconoció, y no pudo evitar reírse de sí misma—. ¿Quién habría imaginado que terminaría por gustarme tanto?

Él rió entre dientes.

—Te resultaría interesante descubrir qué cosas nos atraen cuando nos permitimos probarlas sin dejar que una historia influya en nuestras elecciones.

–¿O las que ya no nos atraen? –inquirió.

La miró con más astucia.

–Excelente observación –señaló los ascensores en la parte de atrás del recibidor–. ¿Te muestro el camino?

–Gracias.

Primo usó una llave para acceder a un ascensor privado.

–¿Te has recuperado del accidente? –preguntó con cortesía.

–Físicamente, sí –frunció el ceño mientras entraba en el habitáculo–. Todavía no he recobrado la memoria. Aunque...

–¿Aunque?

Titubeó, tentada por algún motivo a confesarle a Primo algo que ni siquiera le había dicho a su marido.

–Puede que ayer recordara algo –le detalló el incidente con el todoterreno–. Justo antes de que creyera que el vehículo nos iba a golpear, tuve una especie de destello.

–¿Y de qué?

–Sospecho que fue del primer accidente.

Primo asintió despacio.

–Tendría sentido. La similitud entre los dos incidentes podría provocar el retorno de tu memoria.

–Sin embargo, no recobré la memoria, aunque durante una fracción de segundo recordara... algo. Dolor. Miedo. Y...

–¿Y? –instó–. ¿Qué temes ver, Kiley O'Dell?

–Dante –corrigió–. Sé que no estaba segura de querer adoptar el apellido cuando Nicolo y yo nos casamos. Pero creo que es como el pudín de tapioca.

Cosas que antes tal vez no me gustaran, ahora me gustan –y formó una sonrisa.

–Evitas mi pregunta.

–Tienes razón –la sonrisa se desvaneció–. Me daba miedo lo que pudiera ver. Supongo que del accidente, del dolor que me causó.

–O tal vez te dé miedo esa otra vida. Quizá cuando tuviste la elección de recordar u olvidar, elegiste olvidar.

Las palabras la atribularon, porque contenían el peso de la verdad.

–¿Crees que no quiero recordar?

–La mente es extraña. Tal vez te esté protegiendo. Tal vez cuando ya no necesites su protección, recuerdes –la puerta se abrió y él le indicó que lo precediera–. Encontrarás el despacho de Nicolo al final del pasillo a la izquierda. Dile que es hora de que conozcas a la familia. Que ya es más que hora, ¿de acuerdo?

–Sí, lo es –convino Kiley.

Él se inclinó y volvió a besarle las mejillas, luego fue en la dirección opuesta. Ella siguió las directrices de Primo y se detuvo ante una puerta con el nombre de Nicolo. Algún bromista había añadido una etiqueta dorada debajo que ponía *Principal buscapleitos*. Sonrió y alzó el puño para llamar, titubeando en el último instante.

Se preguntó si era posible que se resistiera a recordar porque anhelara escapar de esos recuerdos. ¿Estaría todo vinculado con la pelea que había tenido con Nicolo? Tal vez si él le contara lo que había pasado, su memoria volviera. Porque sin importar cómo hubiera funcionado su matrimonio antes del accidente, desde entonces se habían unido por completo. Y eso significaba que podrían encontrar una manera de superar lo que fuera que los hubiera separado. No le cabía ninguna duda.

Pero si de una cosa estaba segura, era de que había llegado el momento de ser completamente sinceros el uno con el otro. Decidido eso, llamó a la puerta, giró el pomo y entró.

Para su consternación, encontró el despacho lleno de gente en pleno proceso de debate. Ninguno era Nicolo, aunque basándose en la similitud física que compartían con su marido, y de que dos eran gemelos, tenían que ser sus hermanos. A un lado se sentaba un hombre con el pelo entrecano y tez sonrojada que parecía hervir por dentro mientras escuchaba la discusión. Se hallaba flanqueado por otro hombre, notable por el hecho de resultar inclasificable.

Al final localizó a su marido apoyado contra el escritorio; una expresión lóbrega le ensombrecía la cara. Al oírla entrar, giró la cabeza en su dirección, y si ello era posible, la expresión se tornó todavía más sombría.

Despacio, se irguió.

—¿Qué haces aquí, Kiley? —demandó con voz baja.

El hombre del pelo entrecano la miró y se levantó de un salto, señalándola con dedo acusador.

—¡Es ella! Por Dios, habéis encontrado a la pequeña zorra —se lanzó hacia ella, pero los tres hermanos de Nicolo lo detuvieron—. Apartaos de mi camino —rugió—. He esperado mucho tiempo para esto. Sólo dadme cinco minutos a solas con esa mujer y os podréis quedar con el dinero que me debe.

Kiley se tambaleó hacia atrás y la alivió encontrar a Nicolo delante con gesto protector.

–No deberías estar aquí –le dijo por encima del hombro–. ¿Por qué has venido?

–Te... te traía el almuerzo. Quería darte una sorpresa –tragó saliva, luchando por controlar el miedo y la tensión que la desgarraban–. Sorpresa.

–No podrías haber elegido peor momento.

–¿Quién es ese hombre? ¿Cómo es que me conoce? ¿Por qué está tan enfadado?

–Ese hombre, Jack Ferrell, ha lanzado algunas acusaciones contra ti. Mis hermanos y el investigador privado que trabaja con nosotros, Rufio, intentaban llegar al fondo de las alegaciones cuando entraste.

Abandonó la espalda protectora de su marido, decidida a enfrentarse a las acusaciones lanzadas contra ella. Los Dante y Rufio seguían conteniendo a Ferrell mientras el hombre continuaba furioso.

–¿Qué afirma que he hecho?

Nicolo titubeó, luego explicó a regañadientes:

–Te acusa de haberle estafado una cantidad más bien importante de dinero.

–No –movió la cabeza–. Eso no es posible. Puede que no recuerde el pasado, pero me conozco. Jamás haría algo tan deshonesto.

Nicolo se giró para mirarla.

–Kiley...

–Oh, Dios –la cesta con el almuerzo se le escurrió de los dedos, derramando el contenido. La lata de pistachos aterrizó justo sobre la madreselva, aplastándola y esparciendo su dulce fragancia–. Tú lo crees, ¿no?

Capítulo Ocho

Para su horror, Nicolo no negó la acusación.

–Ferrell tiene pruebas, cariño –indicó con genti-leza–. Cierto, son un poco imprecisas, pero insiste en que organizaste un fraude con él acerca de un co-llar de diamantes de fuego que supuestamente here-daste de tu abuelo.

–¿Diamantes de fuego? –durante una fracción de segundo vio a Francesca y a Nicolo mirarla atenta-mente mientras estudiaba esos diamantes en Dantes Exclusive, esperando... ¿qué? ¿Que recordara algo acerca del collar que mencionaba Ferrell? ¿Habían estado al tanto de las acusaciones entonces?–. No en-tiendo nada de esto. ¿A qué collar se refiere?

–No lo sé. Es algo que tendremos que descubrir juntos. Hasta entonces, debes irte a casa.

–No se irá a ninguna parte –protestó Jack Ferrell–. Quiero mi dinero. Y quiero que ella pague por lo que me hizo. Insisto en que llamen a la policía y que la arresten.

Nicolo giró hacia el hombre.

–Firmó un acuerdo vinculante, Ferrell, que nos permite arreglar la situación con discreción. Tam-bién le exige que demuestre sus afirmaciones. Hasta ahora, sólo tenemos acusaciones.

–Se ofreció a venderme el collar de su abuelo. Le di la mitad del dinero. Pero cuando fui a completar la transacción, había desaparecido, junto con mi dinero y el collar –la miró furioso–. Fuiste lista, he de reconocértelo. Pero esta vez no lograrás escapar.

Kiley movió la cabeza y trató de razonar con el hombre.

–Yo no haría algo así. Seguro que me confunde con otra persona.

Él mostró los dientes.

–Cuando el infierno se congele. Tienes una marca de nacimiento en la cadera en forma de flor.

Kiley sintió que palidecía. En silencio, volvió a mover la cabeza.

–¿No? Vamos, preciosa. Desnúdate y muéstranos esa marca de nacimiento. Demuestra que me equivoco.

–Vete de aquí, Kiley –los interrumpió Nicolo–. Iré a casa en cuanto resuelva esto.

–No. No me iré a ninguna parte. No hasta que los dos discutamos esto –miró fugazmente a los otros hombres–. En privado.

–¿Crees que podrás engañarlo? –intervino Ferrell–. Pierdes el tiempo. No es idiota como lo fui yo. Con toda la información que ha reunido su investigador, apuesto a que te tiene bien calada. Esta vez no te escaparás.

Nicolo se dirigió a sus hermanos.

–¿Queréis hacer que se calle? Ahora vuelvo –tomó a Kiley por el codo y la sacó de allí–. Puedo dedicarte cinco minutos. Discutiremos a fondo el resto cuando vaya a casa.

Una mirada a su expresión y se quedó embotada por dentro. Ese hombre no era su marido, no era el hombre que la había tomado con semejante desesperación en el suelo del recibidor. Era el desconocido suspicaz de las primeras horas y días posteriores al accidente.

La condujo a una pequeña y coqueta sala de reuniones.

Kiley luchó por mantener el control, por darle a su confusión algún atisbo de orden, para poder saber al menos qué preguntas formular. Empezó con la primera que le llegó a la mente.

—¿Por qué contrataste a un investigador privado?

—Contraté a Rufio después de tu accidente.

—Eso no responde del todo mi pregunta —señaló—. Pero empecemos por ahí. ¿Contrastaste a Rufio por mi accidente... o por nuestra pelea?

—¿Importa?

—¿Lo que está diciendo ese hombre es...? —gesticuló en la dirección del despacho de él—. El collar y el dinero que supuestamente le quité. ¿Por eso nos peleamos? Me refiero a antes de mi accidente.

—Indirectamente.

La recorrió una oleada de furia.

—Para ya, Nicolo. Olvida esas respuestas astutas y habla con claridad. Creeré lo que me cuentes —emitió una risa dura y dolorosa—. Después de todo, no me queda otra alternativa. Como no recuerdo nada, tendré que aceptar tu versión de los hechos.

—¿Quieres la verdad?

—Si no te importa.

—Tu abuelo y tu tío abuelo eran copropietarios de una mina de diamantes de fuego, mina que le vendieron a mi abuelo, Primo. La primera vez que tú y yo quedamos fue para hablar de la legalidad de esa venta. Tú afirmaste que había un problema con la cesión de ese título de propiedad, que todavía eras dueña de una parte de la mina.

–¿O sea, que no nos conocimos jugando al frisbi?

–No.

Movió la cabeza con desconcierto.

–¿Por qué te inventaste esa otra historia? ¿Qué importancia tenía cómo o cuándo nos conociéramos?

–Importaba.

–¿Por qué? –espetó con frustración.

Él se frotó el ceño lleno de tensión.

–No quería sacar el tema después de tu accidente porque necesitaba tiempo para averiguar si tu derecho sobre la mina era auténtico. Necesitaba tiempo para que Rufio descubriera la verdad mientras tú te recobrabas. Tiempo para que llegáramos a conocernos, para tratar con el Infierno, sin que la mina se interpusiera entre nosotros.

La confusión de Kiley aumentó.

–Sigo sin entenderlo. ¿Qué tiene que ver la venta de la mina con ese collar del que habla Ferrell?

–No tengo ni idea. Si hay una conexión, aún no la he descubierto. Rufio conoció a Ferrell mientras te investigaba a ti y tu derecho sobre la mina.

–Ese hombre está convencido de que lo estafé, ¿verdad?

–Sí.

–¿Y tú? ¿Qué crees tú?

–Seguimos indagando, Kiley.

–Pero, ¿es posible que tenga razón? –pudo ver la respuesta en la expresión de Nicolo y algo infinitamente precioso murió dentro de ella. Tardó un momento hasta poder formular la siguiente pregunta, casi demasiado dolorosa–: ¿Tú crees que yo intentaba estafarte con la mina de diamantes?

–No lo hagas, Kiley. Ahora no.

–Respóndeme, Nicolo. Cuando nos vimos por primera vez, ¿pensaste que era una especie de timadora?

Él titubeó antes de asentir con renuencia.

–Sospeché que podrías serlo.

–¿Por qué? –fue un grito desde su corazón.

Él se encogió de hombros con sumo cansancio.

–Por nada definitivo. Sólo tuve una sensación.

Quiso abrazarlo y tranquilizarlo, decirle que todo se arreglaría. Pero no pudo. En ese momento había demasiadas cosas que los dividían. Un abismo de sospechas y dudas que no sabía cómo cerrar.

–Si sospechaste que era esa clase de persona, ¿por qué decidiste salir conmigo? ¿Cómo terminamos enamorándonos? ¿Cómo terminamos casados?

Él alzó la mano con la palma hacia fuera.

–Al parecer, al Infierno le preocupan poco los detalles menores como...

–¿La catadura moral? –interpuso ella.

–Kiley...

Ella miró hacia la puerta, y se dio cuenta de que estaba preparada para huir, para escapar de una situación insostenible. El impulso casi la abrumó. Luchó contra él con todas las fuerzas de su ser.

–¿Es verdad? ¿Hice las cosas de las que Ferrell me acusa? ¿Es así como soy en realidad?

–No lo sé –respondió Nicolo con gran frustración–. No quiero creerlo, Kiley.

–Entonces, no lo hagas –se atrevió a acercarse, a apoyar las manos en su torso y recibir los latidos firmes de su corazón a través de ellas–. Necesito que creas en mí, Nicolo. Necesito que luches por mí. Quizá todo lo que dice Ferrell sea verdad. Tal vez sí soy una persona horrible.

–No –la palabra escapó de sus labios sin reflexión ni titubeo.

Ella experimentó el primer destello de esperanza.

–De acuerdo, lo fui. Quizá fuera una persona horrible. Pero ¿y si todo es un error? Como no puedo recordarlo, no puedo defenderme. He de creer que existe algún otro tipo de explicación. Si pudiéramos hallarla… –lo miró. Ya no deseaba huir. Estaba decidida a luchar–. Por favor, Nicolo. Necesito descubrir la verdad.

–¿Y si no es lo que deseas oír?

–Al menos, será la verdad.

No debería besarlo, no debería proyectarle más presión. Pero no pudo evitarlo. Durante unos momentos necesitó a su marido y no a la persona que siempre solucionaba problemas.

Le rodeó el cuello con los brazos y le cubrió los labios con su boca, prácticamente consumiéndolo. Sintió la resistencia momentánea que le ofreció y la entendió, a pesar de causarle un dolor incalculable. Pero entonces notó la suave transición de la renuencia a la aceptación, antes de que se transformara en algo desesperado, codicioso y urgente. El aleteo de la esperanza ganó fuerza. Todavía no la consideraba una causa perdida.

Le arrebató un último beso.

–Necesito que me prometas otra cosa –le pidió.

–Si puedo.

Percibió el retorno de la cautela.

–Prométeme que a partir de ahora me contarás la verdad. Que cuando termines aquí, pondremos todas las cartas sobre la mesa.

Asintió brevemente.

–Es una promesa que te puedo hacer. Hasta entonces, ve a casa, que me reuniré contigo allí en cuanto pueda.

En sus ojos anidaba el dolor y la obsesión de los secretos. Bajó la cabeza y le dio otro beso. La abrazó de un modo en que manifestaba que su relación ya nunca volvería a ser igual. Cuando ella lo soltó en esa ocasión, Nicolo dio un paso atrás, distanciándose tanto física como emocionalmente.

–Una cosa, Kiley. Algunas de las cartas que te voy a mostrar no te van a gustar. Quizá representen el fin de todo lo que hay entre nosotros.

No podía decir nada a eso, era imposible tranquilizar a Nicolo o mitigar sus propios temores. Él abrió la puerta de la sala de reuniones y ella se marchó como sonámbula. Fue hacia los ascensores, pero siguió de largo, incapaz de convencerse de marcharse. Jamás supo durante cuánto tiempo vagó por los pasillos antes de que Primo la encontrara.

Consolándola con suaves palabras en italiano la escoltó a su amplio despacho. La instaló en un sillón cómodo y mullido antes de cruzar al bar. Sirvió una copa y se la entregó. Ella cerró las manos en torno al cristal e inhaló el poderoso aroma del brandy antes de beber un trago generoso.

Primo no dijo nada, se sentó a su escritorio y se dedicó a concentrarse en el papeleo. Ella permaneció en el sillón, bebiendo, perdiendo la noción del tiempo. Podrían haber pasado minutos... u horas. El tiempo fluyó en una bruma confusa. Pero finalmente alzó la vista.

–El almuerzo no fue bien –comentó en voz baja.

Primo dejó los papeles a un lado y cerró la pluma.

–Eso he supuesto.

–Es gracioso. Durante las últimas semanas he estado disfrutando de tantas experiencias nuevas... Hasta hoy –esbozó una sonrisa insegura–. Hoy... no ha sido muy gratificante.

–A veces aprendemos más de las malas experiencias que de las buenas.

–No estoy segura de que esa idea me guste.

Él ladeó la cabeza en un gesto que le recordó mucho a Nicolo.

–Quizá hayas aprendido lo que ahora debes arreglar. ¿Eso no permitirá que surja el bien de lo malo?

–¿Puede arreglar ser una timadora?

La mirada de él se agudizó.

–Vaya. Crees a ese hombre, Ferrell.

No debería sorprenderla que Primo estuviera al corriente de lo sucedido en el despacho de Nicolo. Los Dante eran una familia muy unida.

–Ferrell conoce cosas sobre mí. Cosas que no debería... –se le quebró la voz y luchó por controlarla–. ¿Y si tiene razón? ¿Y si realmente soy una timadora?

–¿Lo eres? –calló un segundo–. ¿O lo fuiste?

Los ojos se le llenaron de lágrimas.

–¿Hay alguna diferencia?

–Mucha. Una existe en un pasado que no puedes recordar. La otra quizá se cree en un futuro que puede acontecer.

Sus palabras le devolvieron una esperanza que había sido fuertemente sacudida.

–Gracias, Primo –se levantó del sillón y cruzó la habitación para darle un beso en la mejilla–. Me alegro de que al fin nos conociéramos.

Él se levantó y la envolvió en un abrazo.

–Yo también.

Nicolo le había dicho que fuera a casa, pero no soportaba la idea de volver allí sola. Decidió regresar al despacho de él con la esperanza de que ya estuviera disponible. Para su decepción, la puerta se encontraba abierta y, el lugar, vacío. Entró con la intención de dejarle una nota breve. Cruzó hacia el escritorio y en la superficie de madera vio una carpeta con el nombre de ella. La dominó la curiosidad y la abrió.

Y su mundo se desmoronó a su alrededor.

Al marcharse de Dantes, sacó la conclusión de que Nicolo debía de estar esperándola en casa. Al llegar, le diría que le explicara todo lo que había leído en esa condenada carpeta, que en ese momento llevaba bajo el brazo. Tenía que haber una explicación, aparte de la más obvia. No podía ser ella la persona que se detallaba en esas páginas. No era posible.

Para su decepción, al llegar encontró la casa vacía, salvo por Brutus, quien pareció sentir su desesperación. La siguió gimiendo con suavidad mientras ella iba de habitación en habitación y luchaba por reconciliarse con todo lo que había descubierto.

En ese momento oyó el timbre y el corazón le dio un vuelco. Nicolo. Pero entonces prevaleció el sentido común. Su marido habría empleado la llave.

Dejando a Brutus en la sala de estar, fue hasta la entrada y abrió, sorprendida al ver a una mujer que movía el pie con gesto impaciente.

–Ya era hora –anunció antes de entrar–. ¿Tienes idea del tiempo que he necesitado para localizarte? Finalmente pude sonsacarle tu dirección al hospital, aunque no quisieron contarme por qué diablos estabas allí.

–¿Quién...? –Kiley titubeó, observándola con más atención.

La mujer, una rubia atractiva, parecía andar próxima a los cuarenta años, aunque algo acerca de la dureza alrededor de sus ojos y labios cuidadosamente maquillados insinuaba algunos años más. Era igual de alta que ella, o sea, poco, y la única diferencia entre ambas radicaba en los centímetros adicionales que exhibía la otra en el busto y en las caderas. Llevaba el cabello corto, lo que resaltaba su hermosa estructura ósea al igual que unos intensos ojos azules.

Kiley rezó para que la posibilidad que acababa de ocurrírsele fuera verdad.

–Sé que esta pregunta va a sonar rara, pero... ¿eres mi madre? –preguntó, luchando por controlar la emoción.

La otra enarcó una sola ceja.

–¿Has perdido la cabeza? Claro que soy tu madre.

–Oh, Dios mío –Kiley abrazó a la mujer con emotiva exuberancia. Necesitaba que ese día algo estuviera bien–. Oh, mamá, no sabes lo feliz que me hace verte.

–Ahora sé que has perdido la cabeza. ¿Qué diablos quieres decir con que eres feliz al verme? ¿Y desde cuándo me llamas «mamá»? Prueba con Lacey, mocosa desagradecida. Y ahora, ¿dónde está el condenado collar?

Kiley retrocedió un paso.

—¿Yo... te llamo Lacey?

—Como no te recobres, juro que te voy a abofetear, aunque sea para meter un poco de cordura en tu cerebro. Vamos, Kiley. ¿En qué pensabas? ¿Qué te hizo creer durante un segundo que podrías conseguirlo?

—Conseguir... —movió la cabeza—. No lo entiendes. Tuve un accidente. Perdí la memoria. No tengo ni idea de qué hablas.

Para su absoluta sorpresa, Lacey soltó una risotada.

—Ésa es buena. Siempre estás tramando algo, ¿eh? ¿Y bien? Vamos —cruzó los brazos y volvió a mover el pie—. Explícame cómo funciona este último plan. Soy toda oídos.

Kiley miró horrorizada a su madre. ¿Es que no la creía? Aunque si la información de la carpeta era correcta, ¿por qué iba a hacerlo?

—No lo entiendes. Hablo en serio. No tengo ningún recuerdo de ti, ni de mi pasado, ni... ni de nada.

—Oh, pobrecilla —Lacey puso expresión de simpatía antes de reír otra vez—. He de reconocértelo, cariño, eres muy buena. De hecho, empiezo a disfrutar, lo cual resulta milagroso si consideramos el humor que tenía cuando llegué —fue al lado de Kiley y le enlazó el brazo con el suyo—. Y ahora no mantengas a tu querida mamá de pie en el vestíbulo. ¿Por qué no me muestras la casa?

De repente, Kiley se puso en alerta.

–Vayamos al salón –sugirió–. Quizá te la pueda mostrar cuando venga Nicolo. Llegará de un momento a otro.

–¿Nicolo?

–Mi marido.

Lacey se quedó boquiabierta.

–¿Te has casado?

–Hace casi un mes –indicó el sofá–. ¿Quieres beber algo?

–Lo habitual. Que sea doble.

–¿Y lo habitual es...?

Lacey se encogió de hombros.

–Debería haber imaginado que serías demasiado buena para caer en ésa. Whisky doble. Solo –esperó hasta que se lo entregó antes de mirarla con expresión lisonjera–. Vamos, Kiley. Deja que participe. Puedo jugar como tú quieras. Sólo dame algunas pistas para no meter la pata.

Miró a su madre con incredulidad. Santo cielo. Si ése era el estilo de vida que había elegido antes de que la golpeara el taxi, no le extrañó no querer recordar. ¿Cómo había podido vivir consigo misma? ¿Cómo había justificado una existencia tan carente de escrúpulos?

–No se trata de una estafa. Me atropelló un taxi y sufro lo que han diagnosticado como amnesia retrógrada.

Lacey descartó el comentario.

–Lo que tú digas. Al menos, cuéntame cuál es tu objetivo.

Objetivo. Cada palabra que añadía su madre confirmaba la información del informe... una información espantosa y condenatoria que ponía nombre tras nombre, cantidad tras cantidad, de personas estafadas y dinero logrado.

–No hay ningún objetivo –aseveró atontada–. Sólo está mi marido.

Lacey chasqueó los dedos.

–Claro. El marido. Hacía tiempo que no practicaba ése. Demasiado confuso –le indicó que prosiguiera–. ¿Y bueno? ¿Cómo se llama?

–Nicolo Dante.

–¿Dante? –se irguió como impelida por un resorte–. ¿Nicolo Dante? ¿Has perdido la cabeza? ¿Crees que puedes con un Dante?

–Te lo repito –insistió cansada–. Esto no es...

–Una estafa. De acuerdo –dejó la copa sobre la mesita de centro con fuerza y recogió su bolso–. Bueno, pues no quiero tener nada que ver con lo que sea que no trames.

–Primero contéstame sólo a una pregunta –fue adonde había dejado la carpeta. Abriéndola, sacó una de las páginas y se la entregó a Lacey–. ¿Reconoces estos nombres? ¿Esta información es correcta? ¿Estafé a todas estas personas?

Con notable renuencia, Lacey dejó el bolso y aceptó el papel. Mientras leía, se puso muy pálida.

–¿En qué diablos estás pensando al apuntar en papel toda esta información? –espetó–. ¿Tienes idea de la clase de problemas en que podría meternos?

–Lo único que quiero saber es si es exacta. ¿Hice esas cosas?

Lacey se levantó y puso el papel en las manos de Kiley.

–Se acabó. No sé qué tramas, pero no tomaré parte en ello. Te sugiero que quemes este papel antes de que alguien te relacione con él. Mientras tanto, yo me largo –extendió la mano–. Sólo dame el collar y me iré.

Kiley se puso rígida. Otra vez la mención del collar. Sin duda, era el mismo al que se refería Ferrell. Dobló con cuidado el papel y se lo guardó en el bolsillo.

–¿Qué collar?

–Deja los juegos –la voz podría haber cortado cristal–. El collar de diamante de fuego de tu abuelo Cameron.

–Entonces... entonces, ¿de verdad hay un collar?

–Por supuesto que hay un collar. Y ahora, ¿dónde está?

–No tengo ni idea –comenzó a reír–. Quizá cuando recobre la memoria también recuerde eso.

–El medallón –la furia de Lacey menguó y en su cara apareció una expresión de astucia–. Si no llevas el collar puesto, tienes la llave de una caja de seguridad oculta en el medallón.

Kiley metió la mano bajo la blusa y cerró los dedos en gesto de protección alrededor del medallón.

–O sea, que no sólo soy una artista del timo, sino que también soy taimada con sobresaliente. Fantástico –recordó con dolorosa diversión lo destrozada que había quedado cuando Nicolo le contó que no tenía una relación próxima con su madre y cuánto había anhelado la clase de vínculos familiares que tenían los Dante. En ese momento habría dado cualquier cosa por ser huérfana–. Para tu información, no sé cómo abrir el medallón.

–Oh, por favor, ¿quieres darle un descanso a ese rollo de la amnesia? Lograste que me lo tragara. Ya es suficiente –dio un paso hacia Kiley con determinación sombría–. Dame el medallón. Si no lo abres tú, lo haré yo.

–No voy a darte nada.

–Eres tan tonta… –soltó–. ¿Acaso pensaste que no se me ocurrió timar a los Dante hace años? Concédeme un poco más de sentido común que el que muestras tú ahora. Al menos yo sabía que no convenía jugar en esa dirección, aunque he de reconocer que el plan de la amnesia le proporciona un giro interesante.

–No es…

–Soy tu madre, Kiley –cortó Lacey–. A mí no puedes engañarme. Y ahora, quiero esa llave. Dámela o te juro que yo te la quitaré. No estoy jugando. No quiero estar cerca cuando Dante descubra que finges amnesia para timarlo.

–Me temo que es demasiado tarde –Nicolo entró en el salón seguido de Brutus–. Parece que Dante lo ha averiguado antes de lo que esperabais.

Capítulo Nueve

Nicolo necesitó todo su autocontrol para mantener a raya su furia. Al parecer, las dos mujeres habían girado para mirarlo con idénticas expresiones de consternación en esas caras que mostraban un parecido pasmoso. O lo harían si Kiley adquiriera alguna vez la astucia amargada que marcaban las facciones de la mujer mayor.

Ahí estaba la avaricia que había buscado en el rostro de Kiley durante la visita a Dantes Exclusive. La malicia. La complacencia. Finalmente podía ver lo que con tanto ahínco ella se había afanado en ocultarle. Sólo tenía que conocer a la madre para desenterrarlo. A su lado, Brutus olisqueó a la recién llegada y soltó un gruñido suave, que hizo que la otra diera un rápido paso atrás.

–Pediste la verdad, Kiley –se quitó la chaqueta del traje y la dejó en una silla próxima–. No imaginé que serías tú quien me la daría.

–No, Nicolo –palideció–. Has malinterpretado lo que decíamos.

La cortó con un movimiento seco de la mano.

–Deja de actuar, Kiley. No soy sordo ni tonto. Entendí cada palabra que decía tu... ¿madre? –miró a la mujer mayor con una ceja enarcada, instándola a confirmar la suposición.

–Lacey O'Dell –ofreció ella con frialdad. Dio un

paso en su dirección con la mano extendida, pero se frenó en seco cuando el perro se encrespó. Con cautela bajó la mano al costado y tardó unos segundos en recuperar el aplomo–. Llámame Lacey.

Mientras se aflojaba la corbata, Nicolo siguió dirigiéndose a Kiley.

–Entendí cada palabra dicha por Lacey. Has estado fingiendo amnesia con el fin de sacar adelante un timo que te proporcionara una parte de la mina de diamantes de fuego Dante.

–Te lo advertí –le dijo Lacey a Kiley antes de estudiarlo con atención.

A Nicolo los ojos azules le resultaron fríos como el hielo y carentes de humor y amabilidad, por no mencionar la encendida pasión, que tan a menudo se reflejaban en los de su hija. Tal vez Kiley se viera así después de recorrer unos años un camino duro e implacable.

–Doy por hecho que eres Nicolo Dante, el marido de Kiley –comentó ella.

–¿Es lo que te ha contado tu hija?

Lacey titubeó y en su rostro se asomó la decepción.

–¿Otra mentira?

Se quitó la corbata y se soltó los primeros botones de la camisa, que lo estaba estrangulando.

–En esta ocasión, mi mentira. Supongo que tú lo llamarías timar a una timadora.

Incrédula, Kiley contuvo el aliento.

–No. No puede ser. Dime que no mentiste acerca de eso, Nicolo –lo miró con súplica en los ojos, devastada–. Cualquier cosa menos eso.

La contempló sin decir una palabra. Simplemente,

esperó. Ella conocía la verdad. Desde el primer día había sabido que no estaban casados. Y había elegido dar cada paso del camino. Sin duda la actuación de ese momento era en beneficio de su madre. Con el tiempo le explicaría por qué había puesto en marcha esa trama y qué esperaba ganar con ella. Mientras tanto, las actuaciones se habían acabado.

Ante el silencio que se prolongaba, Kiley cerró los ojos. La expresión de su cara lo destrozó, aunque tuviera que ser una representación. Cuando volvió a mirarlo, sus ojos rebosaban dolor.

–¿No estamos casados? Todas esas citas románticas de las que me hablaste, la boda en la playa, ¿nada de eso sucedió? –al no obtener respuesta, se llevó una mano trémula a los labios–. ¿Todo es una mentira? El recorrido por la ciudad. Dantes Exclusive. Oh, Dios, Deseos. Esas noches increíbles, hermosas y románticas en la isla. ¿Todo fue un juego para ti?

Él no se dejó engañar.

–Da la impresión de que los dos hemos mentido, ¿verdad, Kiley? –pero no era la completa verdad, porque hubo ocasiones en que habría jurado que entre ambos sólo había habido sinceridad–. Sin duda, cada uno tenemos reservado nuestro sitio en el infierno.

–¡No! No te creo. Algo tuvo que ser real.

Consciente del interés de Lacey, cortó a Kiley. No quería recordar lo idiota que había sido. Y se negaba a pensar en Deseos.

–Basta. Ahórrame el dramatismo, ¿quieres? Ya has ganado tu Oscar. De hecho, creí que tenías amnesia, aunque sólo fuera durante unas semanas.

Lacey suspiró.

–Ésa es mi hija –comentó Lacey con exagerada simpatía–. Un engaño tras otro.

–¿Acaso de tal palo, tal astilla? –le dijo Nicolo a la mujer.

Ésta se puso rígida y alzó el mentón en desafío.

–En absoluto. Como has escuchado la conversación que manteníamos, debiste de oírme decir que no quería tener nada que ver en el timo que estuviera tramando.

–Qué ética –comentó con sequedad–. Me sentiría algo más impresionado si no te hubiera oído decir que tenías la suficiente sensatez de no embaucar a los Dante. No obstante, aplaudo tu inteligencia al igual que tu agudo sentido de la supervivencia.

La mujer tuvo el descaro de guiñarle un ojo.

–Gracias.

Nicolo se quitó los gemelos y se los guardó antes de remangarse la camisa. Durante todo el proceso no apartó la vista de ella.

–Por curiosidad, ¿y los otros?

–¿Qué otros? No sé de qué me estás hablando.

–Hablo de los otros hombres a los que timaste a lo largo de los años.

Los ojos de Lacey parecieron incluso más fríos que antes.

–Mmmm. No me interesa la dirección que ha tomado esta conversación. Así que, si no os importa, creo que no tomaré parte en ella –se contoneó hasta el sofá y recogió el bolso antes de encararse con Kiley–. Creo que tienes algo que darme.

El tono peculiar de su voz hizo que Brutus saltara en defensa de Kiley y se interpusiera entre las dos mujeres. Nicolo nunca lo había visto tan feroz ni con semejante capacidad de intimidación. Con un grito apagado, Lacey retrocedió unos pasos.

Kiley aplacó al perro.

–No tengo nada para ella, ¿verdad, Brutus?

Él ladró para mostrar su acuerdo y Lacey no dudó ni un instante en marcharse hacia la puerta. Cuando creyó hallarse a una distancia segura del animal, giró la cabeza.

–Esto no se ha acabado –advirtió–. Ni por asomo.

Unos segundos después, la puerta de la calle se cerró de un portazo. El silencio flotó en el aire, denso y pesado. Nicolo pudo ver que Kiley luchaba por encontrar las palabras adecuadas que emplear con él. El mejor enfoque que explicara lo que había oído. Pero él no le dio la oportunidad de encontrar una estrategia.

Se acercó y vio que lo miraba con cautela.

–¿Cuándo recuperaste la memoria? ¿O nunca llegaste a perderla?

Ella alzó la barbilla.

–La perdí. Sigo sin recordar nada antes del accidente, a pesar de lo que podáis pensar mi madre o tú.

No pudo evitarlo y soltó una carcajada llena de aspereza e incredulidad.

–Sí, claro.

–No hay nada que pueda decir para convencerte, ¿verdad? –preguntó después de tratar de atravesar su armadura.

–Ni una palabra.

La invadió un agotamiento profundo, casi visible.

–Muy bien, Nicolo. Que sea como tú quieras. Estoy mintiendo en todo. He fingido la amnesia. Dime qué he ganado. ¿Cuál es mi premio de consolación?

Él titubeó.

–¿De qué hablas?

–Debí de fingir la amnesia por algún motivo –extendió las manos–. Dime qué pude haber ganado con esa simulación.

–¿Te sirve la mitad de la mina de diamantes de fuego de Dante? Cuando nos vimos por primera vez en Le Premier, ése era tu timo original, ¿no?

–Por desarrollar el argumento, digamos que lo era. ¿Funcionó?

–Sabes que no.

–¿Por qué?

Él entrecerró los ojos.

–¿Qué juego es éste, Kiley?

–Sólo contesta. ¿Por qué no funcionó?

–Porque el argumento que expusiste aquel día no era lógico. Tenías toda la documentación preparada, pero carecía de sentido que tu familia hubiera esperado tantos años antes de plantear esa reclamación.

–Mmm. Buen punto. De acuerdo, de modo que intenté estafarte cuando nos conocimos en Le Premier y no funcionó. ¿Cuál habría sido el siguiente paso lógico?

–Largarte antes de que emprendiera alguna acción legal o recurriera a la policía.

–Entonces, ¿por qué no lo hice? ¿En qué me iba a beneficiar la mentira de que sufría amnesia? ¿Qué ganaría con ello?

–Me engatusarías para entrar en mi vida.

–Repito... ¿Con qué fin? ¿Dinero? No te he pedido nada ni tú me has dado nada. ¿Sexo? Ha sido muy bueno, lo reconozco, pero en absoluto justifica las consecuencias cuando descubrieras la estafa. Entonces, ¿por qué iba a correr semejante riesgo? Tenía que saber que ibas a dar los pasos que has dado y contratar a un investigador privado para indagar en mi pasado. Siempre que estuviera fingiendo la amnesia.

Él cruzó los brazos.

–Dímelo tú. ¿Qué podías esperar ganar fingiendo que perdías la memoria?

–Ah, ahí está el truco –durante un instante, el humor iluminó sus ojos antes de transformarse en algo agridulce–. No tengo ni idea. Quizá me enamoré de ti nada más tocarnos. Quizá quería unos pocos días, unas pocas semanas para poder sentir con normalidad. Sin engaños ni dobleces. Sólo una mujer enamorada de un hombre sin ataduras.

Se obligó a no revelar cómo lo habían afectado sus palabras.

–¿Y ahora?

Ella bajó la cabeza, como si reflexionara en sus opciones. Metió la mano en el bolsillo y la cerró sobre algo que se arrugó. En su interior luchó el conflicto. Despacio alzó la vista y Nicolo observó un vestigio de avaricia en sus ojos, vio esa expresión dura tan evidente en los ojos de Lacey. Incluso logró imitar la sonrisa coqueta de su madre.

–Supongo que mis pequeñas vacaciones de la realidad se han terminado –ronroneó–. Ha sido divertido. He conseguido ropa de marca, por no mencionar un viaje a una isla paradisíaca. Desde luego, no terminó tan bien como había esperado. Pero lo achacaremos a la mala suerte y seguiremos adelante.

–Kiley, ¿qué...?

–No –cortó, la expresión indiferente fragmentándose durante un momento revelador–. Jamás habría funcionado, Nicolo. Debiste saberlo nada más leer mi historial. Si hubiéramos intentado algo más que una aventura, mi reputación habría arruinado el apellido Dante. Déjame ir. Ya es hora de que vuelva a mi antigua vida.

Ella tenía razón y él lo sabía.

–Bien. No tiene sentido alargar esto.

Sin decir una palabra más, fue hacia el recibidor y recogió el bolso de la pequeña mesa que había en la entrada donde lo había dejado. Con la mano en el pomo de la puerta, titubeó.

–Te agradezco que cuidaras de mí después del accidente.

Nicolo se apoyó en el marco del arco que unía el recibidor con el salón.

–Antes de irte, contéstame una pregunta.

Se encogió de hombros, sin darse la vuelta.

–Claro.

–¿Algo fue real?

Giró y lo miró, pero lo único que pudo ver él fue a Lacey mirándolo con los ojos de Kiley.

–¿Te refieres a... si te amé?

–¿Lo hiciste?

Ella se quedó quieta y se humedeció los labios.

–Lo siento, Dante. Supongo que hubo un poco de fallo en el Infierno aquel día en Le Premier. Nuestro vínculo jamás cuajó, al menos no de mi lado. Pudo haber sido divertido. Pero no fue amor verdadero –entonces cruzó la puerta y se fue.

En cuanto se cerró a su espalda, Brutus aulló con tristeza.

–Siento lo mismo que tú, amigo –susurró Nicolo–. Lo mismo que tú.

***

Kiley nunca recordó las horas inmediatamente posteriores a su huida de la casa de Nicolo, adónde fue o qué hizo. No se enteró de su entorno hasta el anochecer, cuando se encontró delante de un turbio hotelucho situado en alguna parte del distrito de Misión.

Una comprobación rápida a su cartera le mostró quinientos dólares y un par de tarjetas de crédito. Una estaba agotada, de modo que empleó el efectivo y guardó la segunda tarjeta de reserva. Al menos en ese momento tenía un techo sobre la cabeza. Se acurrucó en el cuarto deprimente con el medallón en la mano, decidida a trazar un plan de acción. El corazón de plata parecía quemarle en la mano, como si intentara grabarle un mensaje.

Abrió la mano y lo estudió, sin dejar de pensar en Nicolo. Había tenido que mentirle. En cuanto había dispuesto de tiempo para asimilar la información condenatoria del informe, se había dado cuenta de que no podía quedarse y permitir que la relación prosiguiera, si es que se la podía llamar así. No le había quedado otra alternativa que cortar los pocos lazos que aún mantenían.

Aunque él hubiera estado dispuesto a pasar por alto su pasado, no podía arriesgarse a recuperar la memoria algún día y convertirse en una versión más joven de Lacey, aprovechándose de la riqueza y posición de él para obtener beneficios personales. No importaba que marcharse le hubiera partido el corazón. Después de todo el daño que ella le había hecho a otros, era un precio pequeño que pagar.

Y sin importar el coste del sacrificio, seguiría pagando hasta dejar atrás todos los agravios cometidos.

En cuanto tomó esa decisión, una de las pequeñas tiras de plata se deslizó a un lado y el medallón se abrió. Miró atónita la llave pequeña que encontró en el interior. Si Lacey tenía razón, era la llave de una caja de seguridad, así como la solución de su problema.

Porque en esa caja de seguridad se encontraba el medio para reparar el daño que le había hecho a tanta gente a lo largo de los años.

—¿Te has vuelto loco?

Nicolo miró con ojos centelleantes a su hermano Lazz.

—¿Por qué te empeñas en hacerme la misma pregunta?

—Porque su repetición está justificada —se pasó una mano por el pelo—. Sé serio. ¿Es que no leíste su informe?

—Sí, lo leí.

—¿No llegaste a la parte en que ponía «timadora» en mayúsculas? Diablos, costaba pasarla por alto, porque además Rufio la puso en negrita.

—La vi —corroboró con los dientes apretados.

—Entonces... ¿qué? Ha timado a todos los hombres a los que ha conocido, ¿pero no va a hacer lo mismo contigo porque es tu alma gemela del Infierno?

—Eso es parte del asunto.

—¿Y la otra parte?

—Ha cambiado. Ya no es la misma persona.

Lazz se quedó boquiabierto.

–Tienes que estar tomándome el pelo. No puedo creerlo.

Nicolo juró en voz apenas audible. No sabía por qué había tardado tres horas después de la marcha de Kiley en captar el error dentro de la mentira. Quizá hubiera estado tan centrado en la afirmación de que no lo amaba, que no había procesado por completo el comentario. Pero en el instante en que penetró en su cerebro, comprendió que ella no había recuperado la memoria, de lo contrario habría sabido que no se habían unido en Le Premier.

Acompañado de Brutus, había dedicado toda la noche a peinar la ciudad en su busca, pero había desaparecido como si jamás hubiera existido. Por primera vez en la vida había sido incapaz de encontrar una salida a un aprieto.

–No recuerda, Lazz –insistió Nicolo–. Sigue con amnesia.

–¿Cómo puedes saber eso? –arguyó su hermano.

–Porque cometió un desliz justo antes de irse. Dijo que nos habíamos unido en Le Premier, pero no fue así. Allí sólo sentimos chispas. El Infierno no nos dominó hasta que le tomé la mano en el hospital.

–Entérate, Nicolo. Es una timadora. No ha cambiado. Y no fue un desliz. Fue adrede. Esperaba que tú pillaras el error con la esperanza de que cayeras en el timo. Y, maldita sea, Nicolo, es justo lo que has hecho, ¿verdad?

–Si esa mujer sigue siendo una timadora, entonces, sí, lo he hecho. Y lo seguiré haciendo hasta que sea viejo y con el pelo blanco y llevemos casados varias décadas, como Primo y Nonna. Voy a encontrarla, Lazz –aseveró con pasión–. Y luego voy a casarme con ella. Va a ser la madre de mis hijos. Por si te interesa, vamos a tener cuatro. Y a cualquiera que eso le moleste, puede discutirlo primero con mi puño derecho y luego con mi gancho de izquierda.

Miró alrededor con aire de desafío, y lo desconcertó ver el gesto de aprobación de Sev y Marco. Incluso mejor fue la expresión de Primo, que le ofrecía un apoyo incondicional.

–Todo el mundo debería recibir una segunda oportunidad –agregó. Miró a Lazz otra vez con inamovible determinación–. ¿Vas a ayudarme a encontrarla o vas a oponerte a mí?

–Sabes que yo no creo en la maldición de la familia –musitó Lazz.

–Bendición –corrigieron los otros al unísono.

Nicolo soltó una carcajada, la primera desde que Kiley lo había dejado.

–Será mejor que empieces a creer en el Infierno, Lazz. Hasta ahora, tres hemos caído. Eres el único que queda.

–Y así seguirá –alzó las manos antes de que nadie pudiera discutirlo–. Bueno. La quieres, la tendrás.

Nicolo asintió.

–Esperemos que sea así de fácil.

Capítulo Diez

No fue nada fácil.

Requirió el esfuerzo conjunto de toda la familia y de Rufio encontrarla. Nicolo no recordaba haber pasado peores semanas. Y sabía que el único culpable era él. No había dejado de obsesionarlo la idea de que había permitido que se marchara en vez de detenerla.

Cuando el investigador le informó de que se alojaba en un hotel de mala muerte en el distrito de Misión, Nicolo maldijo para sus adentros.

–¿Qué diablos hace ahí?

–No lo sé. Quizá sea lo único que puede permitirse. Menos mal que al final usó una tarjeta de crédito, de lo contrario habría sido un infierno localizarla.

Cerró los ojos. Claro, se había ido sólo con lo que llevaba en el bolso. Quinientos dólares no podrían haberla mantenido cobijada y alimentada durante mucho tiempo, no en San Francisco. ¿Qué habría hecho de no haber tenido otra fuente de dinero? ¿Habría recurrido a él? Lo dudó.

–Vigila el motel en caso de que se marche –le pidió–. Llegaré en quince minutos.

–Será mejor que lo consigas en diez.

–¿Por qué? ¿Qué sucede?

–Nuestro viejo amigo, Ferrell, acaba de bajar de

un taxi. Va hacia el hotel y parece decidido. ¿Quieres que lo intercepte?

—No a menos que haya problemas. No puede ser coincidencia que haya aparecido. Síguelo y llámame para darme el número de la habitación. Salgo ya.

Rufio lo volvió a llamar a los cinco minutos.

—Más buenas noticias —dijo la voz sombría del investigador—. Da la impresión de que Kiley va a recibir otra visita.

—¿Quién?

—Por la descripción que me diste, deduzco que se trata de Lacey O'Dell. Rubia, ojos azules, baja. Se parece mucho a Kiley, salvo...

—Es más dura —aportó Nicolo.

—Yo diría que fría, si no pareciera furiosa. Si me gustara apostar, diría que tu esposa... perdón... que la señorita O'Dell ha hecho algo lo suficientemente grave como para irritar a su querida mamá.

—¿En qué habitación está Kiley?

—Doscientos nueve. Escaleras arriba, a la derecha. En mitad del pasillo de la izquierda. Me encontrarás cerca de la escalera. Puedo ver la puerta, pero no me encuentro lo bastante cerca como para oír algo. No deseo atraer demasiado la atención.

—¿Tendré algún problema para sortear la recepción?

—Como no estaba seguro del recibimiento que te daría, le entregué al encargado un billete con la foto de Benjamin Franklin. De pronto se ha vuelto sordo, mudo y ciego.

—Aguanta. Ya casi he llegado.

Unos minutos más tarde, aparcaba y entraba en el hotel. El soborno de Rufio había funcionado, porque el recepcionista ni siquiera alzó la cabeza, sólo le señaló una escalera con una moqueta gastada. Nicolo se encontró con Rufio en el pasillo, a unas pocas puertas de la habitación de Kiley.

–Es ahí –susurró, señalando–. Decidí que era mejor acercarme por si las cosas se ponían feas. Hay una discusión en marcha.

Más que una discusión. Nicolo pudo oír la voz alta y furiosa de Ferrell, al igual que la de Lacey. Y entonces oyó el grito alarmado de Kiley y no se molestó con una llamada civilizada a la puerta. Abrió el panel hueco con una fuerte embestida del hombro.

Tardó un segundo en evaluar la situación. Ferrell y Lacey luchaban por algo que centelleaba con un fuego inconfundible. Un collar de diamantes. O, más bien, lo que quedaba de un collar. Y entonces vio a Kiley. Se hallaba en el suelo, con una mano apoyada en la mejilla, donde iba manifestándose una creciente magulladura. Llegó a su lado en un instante, la alzó en brazos y la alejó de la reyerta. No sabía quién la había golpeado ni por qué, pero alguien pagaría por haberle hecho daño.

–¿Te encuentras bien?

–Estoy bien –le pasó las manos por el torso mientras lo devoraba con los ojos–. No me consideres desagradecida, pero... ¿qué haces aquí?

Él sonrió.

–He venido a rescatarte, por supuesto. ¿No es así como se supone que funciona?

–Sólo en los cuentos de hadas –aunque en su cara apareció la esperanza–. No en la vida real.

–En la vida real también, cariño. Y ahora, ¿quién te golpeó?

–Fue un accidente.

–Mmmm –le lanzó una mirada sombría a Ferrell y a Lacey–. No te vayas a ninguna parte. Enseguida vuelvo.

–Olvídalo, Nicolo. Ésta también es mi lucha.

Juntos separaron a los contendientes. El hombre mayor retrocedió unos pasos con los restos de un collar de diamantes en la mano.

–Si no quiere comer moqueta con una magulladura como la de Kiley, le sugiero que entregue ese collar.

–No pienso entregar nada –bramó Ferrell–. Los diamantes son míos.

–Le pagué lo que se le debía –espetó Nicolo–. Y bastante más. ¿O ha olvidado ese pequeño detalle?

Kiley cerró las manos con fuerza.

–Pedazo de escoria, me dijiste que no habías recibido ni un céntimo de los Dante.

–Mira quién llama escoria a quién –replicó el otro–. Merezco los diamantes por el infierno por el que me hiciste pasar. Tú te mereces saber lo que se siente cuando te estafan.

–No pienso advertírselo de nuevo –lo interrumpió Nicolo–. Suelte el collar.

Ferrell rebosó frustración.

–Usted no lo entiende.

–No, es usted quien no lo entiende –Nicolo se acercó y habló despacio para que el hombre no lo malinterpretara–. Voy a fingir que ese golpe en la mejilla de Kiley es un desafortunado accidente. Que no tuvo nada que ver con usted. Mientras funcione ese equívoco, le sugiero que se aleje lo más que pueda de esta habitación. ¿Lo ha entendido?

En la cara de Ferrell se vio que el sentido común

luchaba con la codicia. Pasado un minuto interminable, la sensatez venció, aunque adquirió una proyección vengativa.

–Perfecto. Me marcharé. Pero es usted un idiota, Dante. Lo va a usar como siempre ha usado a todos los hombres que ha conocido –movió la cabeza con disgusto–. Antes de que ella acabe con usted, deseará no haberla conocido jamás.

Tiró el resto del collar y abandonó la habitación. Intentó cerrar de un portazo, pero las bisagras de la puerta golpeada frustraron su intención.

–Gracias por deshacerte de él –dijo Lacey, ofreciéndole una sonrisa radiante–. Puedes venir a rescatarme siempre que quieras.

–De nada, aunque he venido a rescatar a Kiley, no a ti.

Sin perder la sonrisa, ella se inclinó y recogió el collar, frunciendo el ceño y los labios.

–Maldición –murmuró–. ¿En qué diablos estabas pensando, Kiley?

Ésta se encogió de hombros.

–Ya lo sabes. Y para que quede claro, mis planes no han cambiado por un golpe en la mejilla.

–¿Qué le ha pasado al collar? –preguntó él–. ¿Dónde está el resto de los diamantes?

Lacey intervino antes de que Kiley pudiera responder.

–Ha adquirido conciencia, eso es lo que ha pasado –miró con amargura a Nicolo–. Sin duda es por la mala influencia que has ejercido sobre ella.

–¿En un principio el collar perteneció a Cameron O'Dell? –cuando Lacey asintió, alargó la mano–. ¿Te importa?

–No queda mucho de él –mostró una expresión melancólica–. Deberías haberlo visto antes de que Kiley lo despiezara. Era espectacular.

Él escrutó los diamantes que quedaban. Eran tres, dos de un solo quilate y una piedra espléndida de cinco quilates que tenía que ser uno de los diamantes de fuego más exquisito que jamás había visto.

–Magnífico –musitó. Incapaz de no tocar a Kiley por más tiempo, la llevó a la cama y la hizo sentar en el borde con delicadeza. Luego le alzó el mentón y le giró la cara a la luz–. Tenía razón, ¿verdad? ¿Fue Ferrell?

–No me golpeó a propósito –concedió–. Lacey y él se peleaban por el collar y mi pómulo se interpuso en el camino de su codo.

Miró a Lacey e indicó la puerta.

–¿Por qué no le traes a tu hija un poco de hielo?

–Oh, claro. Ahora mismo –aceptó sin ningún atisbo de sarcasmo, aunque con pericia dejó entrever con claridad el desagrado que ello le producía–. Encantada de ayudar.

–¿Qué está pasando, Kiley? –preguntó él en cuanto se quedaron solos–. ¿Cómo has terminado con el collar en tu poder?

Ella se encogió de hombros.

–Descubrí cómo abrir el medallón.

Nicolo enarcó una ceja.

–¿Y el collar estaba dentro?

Kiley le dedicó una media sonrisa irónica.

–No, pero sí la llave de una caja de seguridad. Tardé un tiempo en dar con el banco correcto, pero en cuanto lo logré, encontré el collar.

Él entrecerró los ojos y se preguntó si ella se había dado cuenta de la información que le había proporcionado. Al reconocer que no sabía cómo abrir el medallón o dónde estaba guardado el collar, le acababa de confirmar que aún sufría de amnesia. Lo dejó pasar por el momento.

–¿Y después de dar con el collar? ¿Qué hiciste entonces?

–Recurrí a la lista que encontré en el informe que había sobre tu escritorio.

–¿Para qué la usaste? –preguntó con gentileza.

–Le di los diamantes a las personas a las que yo... –la voz se le quebró un instante antes de recuperar el control–. A la gente que estafé. Ferrell era el último. No sabía que tú ya le habías pagado o jamás lo habría llamado.

–¿Y no quedó satisfecho con un único diamante?

–Incluso el más pequeño vale el doble de lo que le quité. Pero él consideraba que merecía más por su dolor y sufrimiento. Quería los tres. Entonces llegó Lacey y... –se encogió de hombros–. ¿Cómo me encontraste?

El Infierno lo invocó, instándolo a inclinarse y tomarle la boca, a beber de ella como un hombre perdido y desesperado. Luchó contra la sensación. Aún no era el momento. Primero había por resolver unos cabos sueltos.

–He intentado localizarte casi desde el instante en que te marchaste.

–Casi –repitió ella.

–Bueno... Primero tuve que recobrar la cordura –admitió–. Cuando no pude dar contigo, solicité ayuda de mi familia.

–¿Tu familia? –movió la cabeza incrédula–. ¿Estuvieron dispuestos a ayudarte a encontrarme?

–Hasta el último de ellos –confirmó.

Lo miró atónita.

–¿Por qué? ¿Es que no sabían lo que había en el informe?

–Lo sabían.

–No entiendo nada.

Antes de que pudiera hacer más preguntas, Lacey regresó con una cubitera llena de hielo. Interpretando el papel de madre preocupada, llenó una toalla pequeña con cubitos y se la ofreció a Kiley.

–Aquí tienes, cariño. Esto te ayudará.

–Ahora es tu turno –advirtió Nicolo.

Lacey suspiró.

–Tenía la impresión de que no saldría indemne.

–Me sorprende que volvieras. Casi había esperado que te largaras.

–Lo pensé –reconoció ella.

–¿Y por qué no lo hiciste?

–Tienes los diamantes –le obsequió con una sonrisa atrevida.

–Explícame lo del collar. Y el timo de Kiley con la mina de diamantes.

Ella enarcó una ceja con expresión calculadora.

–¿Y qué consigo a cambio?

–¡Lacey! –protestó Kiley.

–Los dos pequeños –le ofreció Nicolo.

–Ni soñarlo. Quiero el grande.

–Ése pertenece a Kiley –dijo con voz que no aceptaba discusión–. Si quieres los pequeños, vas a tener que darme las explicaciones, ya que Kiley no puede.

Lacey hizo una mueca.

–Es cierto que no recuerda nada, ¿no? De lo contrario, jamás habría entregado los diamantes.

–Sigo aquí, ¿lo sabes? –objetó su hija.

Lacey le palmeó el hombro.

–Claro que sí, querida. Supongo que le mostraste a Nicolo todos los documentos de Cameron O'Dell, ¿verdad? ¿Partida de nacimiento, de defunción, testamento?

Kiley se sintió frustrada por no poder responder a nada de eso.

–Sí, lo vi todo. ¿Qué pasó con la parte que poseía Cameron de la mina?

–Se la vendió a su hermano antes de que tu abuelo, Primo, realizara la oferta. Se la vendió a cambio del...

–Collar.

–Exacto. Pensó que la mina estaba agotada. De hecho, igual que su hermano Seamus.

–Entendido. Y Kiley y tú habéis estado usando ese collar para llevar a cabo una serie de estafas. Supongo que vendiéndolo y revendiéndolo, para luego dar uno falso o largaros antes de que la transacción se completara, ¿no?

Ella titubeó.

–Bueno... No exactamente –le lanzó una mirada malhumorada a su hija–. Supongo que, si ya no tenemos el collar, bien puedo contarte la verdad.

Kiley se preparó para lo peor.

–No estoy segura de poder tolerar más verdades en este momento.

–Todas las cosas que aparecen en el informe –Lacey se encogió de hombros–. Fui yo. Yo soy la responsable.

–No –Kiley movió la cabeza obstinada–. Eso no es posible. Esa gente me identificó a mí.

–Sí, bueno –Lacey bajó la vista y soltó una risita–. Puede que lo hicieran porque usé tu nombre.

–Que... –Kiley respiró hondo–. ¿Le harías eso a tu propia hija? ¿Por qué?

–Una chica ha de sobrevivir –movió la mano–. Y hablando de sobrevivir... –miró a Nicolo–. Suéltalos, guapo. Yo he explicado todo, ahora quiero mis diamantes.

Quitó la piedra más grande del collar y la guardó en el bolsillo antes de entregarle los dos restantes.

–Estaré atento a que no vuelvas a utilizar el nombre de Kiley en el futuro –le advirtió.

–No hay problema. Y ahora, si me disculpáis, creo que ya he abusado de vuestra hospitalidad. Si algo he aprendido en la vida, es a realizar una salida elegante –les dedicó una sonrisa reluciente–. No os preocupéis, estaré en contacto.

–Te acompañaré a la salida –insistió Nicolo.

No hablaron hasta llegar al vestíbulo. Él sacó una tarjeta de su bolsillo y se la entregó.

–Espero que no la necesites, pero por si acaso.

Ella lo miró sorprendida.

–No entiendo. ¿Por qué me la das?

–Por dos motivos. En última instancia, sigues siendo la madre de Kiley. La familia significa mucho para los Dante.

Ella se encogió de hombros.

–¿Y la otra? –preguntó.

–Por la mentira que acabas de contar ahí dentro. Aunque no te aconsejaría que me mintieras en el futuro. Siempre lo sabré.

–Qué dulce –le guiñó un ojo–. De hecho, me estás dando las gracias.

Antes de que pudiera debatir la cuestión, su futura suegra cruzó la puerta y desapareció calle abajo con el contoneo de caderas que empezaba a resultarle familiar. Después de darle a Rufio el dinero para pagar la puerta dañada, despidió al investigador. Luego regresó a la habitación donde había dejado a su alma gemela.

Kiley miraba por la ventana en la dirección que había seguido su madre. Nicolo se unió a ella y le tomó la mano.

–Lo siento, cariño. Lamento haber dudado de ti. Lamento haberte dejado marchar. Y lamento aún más no haberte encontrado antes.

–¿Qué quieres, Nicolo? De verdad –lo miró con expresión de gran pesar–. A pesar de lo mucho que agradezco que me ayudaras a salir de este aprieto, ¿qué queda por decir?

–Una cosa más –le enmarcó la cara con las manos–. Te amo, Kiley O'Dell. Te amo más de lo que imaginé posible amar a alguien. Quiero pasar el resto de mi vida contigo y espero que tú también lo quieras.

–Te amo, Nicolo. En serio –la voz se le quebró–. Siempre te he amado.

–Cásate conmigo. Esta vez de verdad. Basta de mentiras y de engaños. A partir de este día, las cartas siempre sobre la mesa.

Con expresión de dolor, ella movió la cabeza.

–Ni siquiera ahora estás siendo sincero conmigo. Después de todo lo que hemos pasado, todavía no has puesto todas tus cartas sobre la mesa.

–¿De que estás...?

–Para, Nicolo. Sé que ella mintió. No soy la víctima en que me quiso convertir.

Él respiró hondo.

–¿Cómo lo has sabido?

–No soy tonta. Leí los documentos hasta la última palabra. Esos hombres no describían a mi madre. Me estaban describiendo a mí. Cuando me encontré con ellos para compensarlos, me reconocieron. Me... –luchó para mantener el control–. Me despreciaron. A mí, no a ella.

–Ella no es inocente en todo esto.

–No, no lo es. Supongo que intentó corregirlo asumiendo la culpa de todos los timos –la boca le tembló–. Pero no puedo casarme contigo. Nunca. No estaría bien.

Él luchó contra el pánico que quería devorarle las entrañas.

–No lo hagas, Kiley. El pasado no importa.

–Te equivocas. Si no importara, no habría entregado todos esos diamantes. Créeme, importa. Y todavía importa más cuando lo único que te queda es el honor y la autoestima.

–No eres la persona que fuiste en una ocasión.

–Soy esa persona –insistió–. Siempre tendré que vivir con ese conocimiento. Y tú, al igual que tu familia, tus amigos, asociados y clientes. Y puede que no sean tan clementes como tú cuando sepan quién... qué... soy.

–Eras, Kiley. Eras. ¿No lo entiendes? No me importa. Te amo. Estamos hechos el uno para el otro.

–¿Crees que yo no quiero pasar el resto de mi vida en tus brazos? Oh, Nicolo, te amo tanto… Pero no puedo estar contigo. No puedo casarme contigo.

–¿Por qué?

–Porque un día despertaré y recordaré –soltó con pasión–. Y cuando eso suceda, volveré a ser ella. No tendré elección. Ella es quien soy yo realmente. Quien estoy destinada a ser. No puedo hacerte eso. No puedo.

–Tonterías –respiró hondo–. ¿De verdad crees que no tienes elección? ¿De verdad crees que no puedes cambiar? ¿Quieres ser la mujer que eras antes?

–No.

–Entonces, no lo seas. Es así de simple. Cuando recuerdes, si llegas a recordar, puedes elegir entre una vida llena de amor y familia o regresar a tu antiguo estilo de vida. Apuesto a que tu nueva vida te gustará mucho más que la antigua.

–No es tan fácil –protestó–. No puede serlo.

–Puede y lo es –la abrazó y cerró los ojos aliviado y le habló con el corazón–. Si algún día recuerdas, si se convierte en una lucha, yo estaré a tu lado. Lo juro. Y también mi familia. Sólo importa una cosa, Kiley. ¿Tú me amas?

–Sabes que sí –respondió con voz trémula–. No quiero ser ella, Nicolo. Jamás quiero volver a ser ella.

–No lo eres. La persona que eres ahora, sin el equipaje del pasado, es quien eres de verdad. Tu dulzura y fuerza, tu inteligencia y humor, tu ingenio innatos. Ésa eres de verdad. Ésa es la mujer de la que me enamoré, la Kiley que habrías sido si tu vida hubiera tomado otro giro –la abrazó con más fuerza y determinación–. Y lo tomó, cariño. Llámalo destino. Intervención divina. Diablos, llámalo Infierno. Pero debido al accidente que sufriste, se te ha dado la oportunidad de llevar tu vida en una dirección nueva. Conmigo.

Le enmarcó la cara con las manos y la besó entre las lágrimas que ella derramaba. Ésa era la Kiley que conocía, de la que se había enamorado. El Infierno los recompensaba con una conexión tan poderosa, tan completa, que nada podría volver a separarlos jamás.

Alzó la cabeza y la miró con absoluta sinceridad y confianza.

–Cásate conmigo, Kiley. Arriésgate. Crea una vida nueva conmigo.

–¿Las cartas sobre la mesa a partir de ahora?

–Todas.

Entonces ella sonrió, radiante.

–Llévame a casa, Nicolo.

Juntos dejaron atrás lo antiguo y olvidado, lo sórdido y doloroso, y se dirigieron hacia un futuro resplandeciente de posibilidades.

Epílogo

La memoria de Kiley regresó, pero tardó veinte años. Lo hizo un día de verano mientras jugaba al béisbol con su marido, sus cuatro hijos y sus numerosos sobrinos.

Volvió a suceder como había ocurrido dos veces antes en su vida. Salió hacia la calle en pos de una pelota con el guante en alto, y sólo después de hacerlo comprendió la idiotez de su temerario acto.

El conductor del coche frenó y tocó la bocina al unísono, derrapando hacia ella a una velocidad de miedo, y Kiley supo que no podría eludir el impacto.

En el último instante, un brazo le rodeó la cintura con una fuerza inusitada y la arrancó de la trayectoria del vehículo. Con un último bocinazo, éste pasó delante de ella, dejándola temblorosa en el abrazo de Nicolo. Su marido soltó una serie de maldiciones en italiano antes de llenarla de besos.

Y en ese instante, entre la preocupación de sus hijos y el profundo amor y terror de su marido, el tiempo se detuvo fugazmente y sus recuerdos cayeron en cascada en el interior de su mente.

Lo recordó todo. La infancia mejor olvidada. Las lecciones que había aprendido sentada sobre el regazo de una madre amoral, más preocupada por las posesiones materiales que por el carácter o el alma, por el dinero que por las necesidades de una niña solitaria y desesperada por tener una madre de verdad. Como a través de un cristal muy grueso pudo ver la serie de timos que su madre y ella habían ejecutado. Pudo sentir el vacío frío de esa vida, el espíritu que moría un poco con cada estafa.

–¿Mamá? –Dominic, el mayor, le tocó el hombro–. ¿Estás bien?

–Yo...

El pasado tiró de ella. La llamó. Intentó arrastrarla hacia esa otra persona que había sido tantos años atrás. Para aquella Kiley habría sido como si le tocara el premio del millón de dólares.

Y entonces se puso a reír. Hacía mucho que le había tocado el premio. Miró a su marido, un hombre al que adoraba con toda su alma, que la había salvado de aquella otra vida. Y miró a cada uno de los hijos que había tenido, a los que había llenado de amor y atención, disciplina y fuerte carácter moral. Y volvió a reír de júbilo. El diamante de su anillo nupcial refulgió más que nunca. Era el último diamante del collar de Cameron O'Dell, que simbolizaba el fin de lo viejo y la oportunidad de un comienzo nuevo.

Recogió la pelota que tenía a sus pies y la puso en la mano de su hijo.

–Vamos a jugar.

En el Deseo titulado
Besos en llamas, de Day Leclaire,
podrás continuar la serie
LLAMAS DE PASIÓN

Deseo™

Magnate busca esposa

Paula Roe

Para Cal Prescott, un multimillonario hombre de negocios, estaba claro que se casaría y tendría el heredero que necesitaba. Y no necesitaría buscar demasiado lejos para encontrar a la mujer adecuada, porque la aventura de una noche que había tenido con Ava Reilly lo había dejado fuera de sus sentidos y, a ella, embarazada.

La desesperación hizo que Ava aceptara casarse sin amor. Deseaba conservar sus tierras tanto como Cal su empresa, y ambos querían a su futuro hijo. Eso tenía que ser suficiente para construir un matrimonio. Eso, y la ardiente pasión que esperaban reavivar.

¿Conseguir una esposa o perder su empresa?

Acepte 2 de nuestras mejores novelas de amor GRATIS

¡Y reciba un regalo sorpresa!

Oferta especial de tiempo limitado

Rellene el cupón y envíelo a
Harlequin Reader Service®
3010 Walden Ave.
P.O. Box 1867
Buffalo, N.Y. 14240-1867

¡Sí! Por favor, envíenme 2 novelas de amor de Harlequin (1 Bianca® y 1 Deseo®) gratis, más el regalo sorpresa. Luego remítanme 4 novelas nuevas todos los meses, las cuales recibiré mucho antes de que aparezcan en librerías, y factúrenme al bajo precio de $3,24 cada una, más $0,25 por envío e impuesto de ventas, si corresponde*. Este es el precio total, y es un ahorro de casi el 20% sobre el precio de portada. ¡Una oferta excelente! Entiendo que el hecho de aceptar estos libros y el regalo no me obliga en forma alguna a la compra de libros adicionales. Y también que puedo devolver cualquier envío y cancelar en cualquier momento. Aún si decido no comprar ningún otro libro de Harlequin, los 2 libros gratis y el regalo sorpresa son míos para siempre.

416 LBN DU7N

Nombre y apellido	(Por favor, letra de molde)

Dirección	Apartamento No.

Ciudad	Estado	Zona postal

Esta oferta se limita a un pedido por hogar y no está disponible para los subscriptores actuales de Deseo® y Bianca®.
*Los términos y precios quedan sujetos a cambios sin aviso previo.
Impuestos de ventas aplican en N.Y.

SPN-03   ©2003 Harlequin Enterprises Limited

Bianca™

Ella no podía perdonarle, pero tampoco podía privarle de sus hijos

Cassie quiso morirse al darse cuenta de que su nuevo jefe era el padre de sus hijos. Él la había abandonado seis años antes, después de hacerle el amor y prometerle que se casaría con ella.

Alessandro no sabía quién era la mujer rubia y de ojos verdes que había llamado su atención. Sólo sabía que la conocía, que la había visto antes. Aunque no tardaría en descubrir su identidad...

La novia olvidada

Michelle Reid

Deseo™

Enredos de amor

Bronwyn Jameson

Su nuevo cliente era endiabladamente guapo, con un encanto devastador… y escondía algo. ¿Por qué si no iba a interesarse un hombre tan rico y poderoso como Cristo Verón por los servicios domésticos de Isabelle Browne? Sus sospechas se confirmaron cuando descubrió su verdadera razón para contratarla. Y, sin saber bien cómo, aceptó su ridícula proposición.

Cristo protegería a su familia a cualquier coste, y mantener a Isabelle cerca de él era esencial para su plan. El primer paso era que ella representara el papel de su amante, pero no había contado con que acabaría deseando convertir la simulación en realidad.

De sirvienta a querida